庫

無理難題が多すぎる

土屋賢二

文藝春秋

まえがき

本書は、週刊文春のコラム「ツチヤの口車」の最近のものを厳選・精選し、濾過し、蒸溜し、凍結乾燥した後、廃棄し、厳選前の元原稿に大きく加筆修正したものである。

最近は執筆環境が大きく変わった。大学を定年退職して神戸に移住し、執筆活動に専念する環境が整った。これからはミステリであれ哲学書であれ、一年に書き下ろしを二冊は書ける。わたしのような軽率な男なら、だれでもこう思うだろう。そう思う理由は次の通りだ。

①暇。執筆以外の仕事がない。以前は大学の職務に時間をとられた上に、ジャズのライブなどさまざまな活動をしていたために、執筆に時間をさくことができなかった。それが解消し、執筆活動に専念できる。むしろ執筆する時間しかない。

②刺激。わたしにとって関西は新天地だ。関西の文化に刺激を受けないはずがない。住んでいるところが変われば、日頃接する人も変わる。新鮮な刺激の連続で気分一新、考える内容も表現の仕方も変わり、書かずにはいられなくなる。

③成熟。歳をとれば成熟する。むしろ成熟しないでいる方が難しい。成熟度が文章に影響しないはずがない。考え方が成熟すれば、文章にもおのずと枯れた味わいと渋味が出てくる。また、若いころのように無駄に動くことがないから、執筆に専念できる。というより、執筆すれば、それ以上の体力が残っていないから、執筆しかできないはずだ。

新天地で暮らすのは、大学に入学したときのような新鮮な気持ちだった。希望に胸をふくらまして五年が経過した。その結果、一年に二冊は書けると思っていた書き下ろしはおろか、週刊文春に書くだけでも四苦八苦し、毎週原稿ができるのは締め切り五分前だ。理由を考えてみた（考えれば理由はいくらでも見つかるものだ）。

①仕事は消滅しない。退職しても仕事はなくならない。仕事が一つなくなると、他の仕事が追加されるか、従来の仕事がより多くの時間を要する仕事になることが判明した。新聞を読む時間が五分しかなければ「五分かかる仕事」になるが、読む時間が三時間あれば「三時間かかる仕事」になる。これは本文で書いたパーキンソンの法則という法則だが、それを身をもって実証することになった。実際、使える時間をすべて新聞を読むことに振り分けることができるし、万一それでも時間が余るようなら、新聞をもう一紙とればいい。こうして仕事は消滅しない。とくに金にな

らない仕事はなくならない。

しかも大学で学生や助手に手を焼いていたころは、執筆の邪魔だと思っていたが、いまにして思えば、ネタの宝庫だった。いまはそういう刺激もない。あっても転んだ、コーヒーをこぼした、三日間一度も食べ物をこぼさなかったという程度だ。

②土地が変わっても、執筆は喫茶店か自宅の部屋の中だ。部屋がどこにあろうと、部屋の中は天井と床と壁があり、基本構造は同じだ。部屋の中にいるかぎりは、リヴィエラだろうが絶海の孤島だろうが変わりはない。人との接触も、コーヒーを注文するときぐらいしかなく、そのときのやりとりの違いは地域差よりも個人差の範囲である。日本中どこの店員も、わたしが注文すると絶対に断らず、代金を払わないで出て行こうとすればとがめる。

③歳をとっても成熟するとはかぎらない。枯れた魅力より、未熟の魅力（そんなものがあるのか？）しか出すことができない。文章力は向上せず、洞察力も花開かないままだ（そもそも芽生えた兆候もない。種があるかどうかも疑問だ）。体力が衰えるのはたしかだが、たいてい、よけいなことをしていて気がつくと、執筆する体力が残っていない。

④いかなる予測もすべて外れる。とくに希望的予測は外れる運命にある。どんなに確実な予測だと思っても、その通りになることはない。もし希望的予測の通りにな

るなら、わたしはいまごろ天使のような妻をもつ大富豪で、出す本がすべてベストセラーになっているはずだ。

⑤その他。これが最大の理由である。この中には、「やる気が起こらない」「体調がすぐれない」「体調がよすぎてじっと座っていられない」「面白そうなミステリが次々に出版される」「面白そうなテレビ番組が放映される」などが含まれる。

参考までに、読者の反応を付記しておく。わたしに好意的なものばかり選んだと思うかもしれないが、決してそんなことはないと断言しておく。

「とても勉強になった。こんな文章を書いてはいけないとよく分かった」

「『文は人なり』ということばの意味を初めて知った。先生のような人柄だとこういう文章しか書けないんだと実感できました」

「先生の本に出会ったときは衝撃でした。もう二度と出会えないでしょう。それを祈っています」

「平易な文章の奥に深い内容があり、とてもためになった」(皮肉で書いているのが残念だ)

「くだらない内容を下手に表現している。買って損した」(本音で言っているのが残念だ)

目次

魑の章

魅の章

魍の章

魎の章

本書は文春文庫オリジナルです。
初出　「週刊文春」（二〇一四年一一月二七日号〜二〇一六年二月一一日号）
本文イラスト　土屋賢二
扉イラスト　松井雪子
デザイン　大久保明子
※本書に登場する人物の肩書・年齢などは、連載当時のままです。

無理難題が多すぎる

魑の章

妻になる！

ニュートンはリンゴが落ちるのを見て法則を発見したが、わたしの発見はブリがきっかけだった。

「あっ」という小さい叫び声に、台所を見ると、妻が床に落ちたブリの塩焼きを拾おうとしている。こっそり見ていると、そのまま皿に戻し、わたしの前に出した。台所の床はわたしも歩くから汚い。文句を言うと、妻はこう反論した。

「従姉妹のK子は幼児のころ、母親が便所掃除をしているバケツに歯ブラシを浸けては口にくわえていた。その子の母親に報告すると〈いいんだよ。泣いてないから〉と平然としていた。その後その子は病気一つせず、叩いても死なない中年女に育った。潔癖すぎるお前は病弱なままだ。男として情けないと思え」

反論の余地もないはずのことでこれだけ説教されるのだ。前日は食べ物をこぼしたのを咎められ、前々日は水道の栓をきちんと閉めなかったのを注意された。

かつて妻を導くべき方向を模索していたわたしが、叱られない方法を模索するようになって数十年間、試行錯誤を繰り返してきた。

思えば、ゴキブリが出て真っ先に逃げたために軽蔑されてからは、「ゴキブリはカブトムシの仲間だ」と自分に言い聞かせて恐怖心を抑えた。機械の扱いに難渋する妻を見ると「どれ、おれがやってやる」と見得を切っては失敗し、権威が完全に失墜した。気がつくと自ら何の権威もない男になり下がっていた（これは簡単だった）。部屋着も飲食物をこぼしてもいいよう防水加工の物に変え、使途不明金が出ないよう粉飾に力を注いできた。

いずれも効果は限定的だったが、今日のブリで、ついに天啓がひらめいた。妻になればいい！ そうすれば叱られることはなくなる。

妻になれば、被害を免れるだけではない。被害者の立場からは見えなかった妻の偉大さが分かるはずだ。

第一に強い。強さは偉人や暴君に見られる特徴だ。妻は危機に強く、震災のときには食欲が増すほどだ。まるで厳冬に備えるクマだ。つねに自分を貫き、他人にすり寄らず、人目を気にしない。自分は完璧だという自信に満ちあふれているのだ。その唯我独尊的態度はまるで釈迦だ。キリストだ。ヒトラーだ。

なぜ目に余る欠点を抱えた女が自分を完璧だと思えるのか不可解だが、たぶん他人の欠点を指摘するのに忙しすぎて、自分の欠点に目を向ける余裕がないのだろう。方向は逆だが、まるで医者の不養生だ。

これだけ強いのに、目下の者には厳しく指導する（目上と認める者は存在しない）。教育熱心なところは、まるでワニのようだ（ワニの子育てについては何も知らないが）。

その上、洞察力にすぐれている。見通す力はまるでレントゲンだ。わたしの嘘はすぐに見抜くし、だれにも見抜けないところ、たとえば実は自分が美人だということを地上でただ一人見抜いている。不都合なことが起これば、調べることなく夫のせいだと見抜く（たいていそれが当たっているから恐ろしい）。むろんすべてを洞察するわけではない。妻に対するわたしの気持ちは洞察できない（もし洞察されていたら大変なことになっていた）。

さらに、義理堅い。一度受けた恩を絶対に忘れず恩返しする。まるでツルだ。妻に恩を受けたおぼえがないわたしにも恩返しを要求するほどだ。

こう考えて妻を見直した。一緒に住んでいなければ尊敬していたところだ。

以前、神になると決意したが、妻になるのは神になるのと大差ない。たんに神を自分勝手にすればいいだけだ。

ただ一つ残念なのは、生まれ変わるしかないことだ。首尾よく生まれ変わったら、わたしのような男を夫にするつもりだ。

幸福に目もくれない生き方

希代の聖人として一部に崇拝されているツチヤ師が公園で一人ポツンとつまらなさそうに小石を足でつついていた。遊び友達がいなくてつまらなさそうにしている小学生のようである。「友人のいない聖人」は多いが、つまらなさそうな様子を見せる聖人がかつていただろうか。

師を崇拝する者たちがすぐに集まると、師は突然「減った！」とおっしゃった。一同が不思議がっていると、師は「小遣いが減った」と付け加えられた。

小遣いを減らされたためにつまらなさそうにしておられたのである。こんな理由で落ち込む聖人がいるだろうか。並みの聖人とは次元が違うのである。

師はしばらく物思いに沈んだ後、おっしゃった。

「見よ、公園なのに子どもがいない。なぜか。子どもがいないときを見計らってわたしが来たからである。以前、三歳ぐらいの子どもがわたしに近づくのを親が必死で止めて以来、子どもがいないときにしか公園に来ることができないのである。公園はいまや淋しい場所である。野球もできず、ラジコンヘリを飛ばすこともできない。わたしはどちらもやらないが」

一人の男が「最近では公園で遊ぶ子どもの声がうるさいと文句を言う人もおります」と言うと、「〈あれもいけない、これもダメ〉では、公園は牢獄である。家の中である」とため息をつかれたが、すぐに思い直したようにおっしゃった。

「小遣いが減り、子どもがいないときにしか公園に来ることができない。だがくれぐれも言う。絶対にわたしに同情してはいけない」

偉大な師に同情する者は一人もいなかったが、師のおことばに一同うなずく。

「なぜなら、わたしは〈自分が幸福でなくてはならない〉とは思っていないからである」

衝撃のおことばである。この世に幸福を望まない者がいるであろうか。

「幸福でなくてはいけないと思い込んでいる幸福病患者が多すぎる。幸福になれなければ、幸福に目もくれない生き方を模索せよ。友人がいないなら孤独を求めよ。病気ばかりするなら、健康を軽蔑せよ。すべての価値観をくつがえすのだ」

底知れぬ深さをもったおことばに、感動の波が一同をのみ込んだ。しばらくして一人の男が言った。

「いままでもっていた価値観をくつがえすことが本当にできるのでしょうか」

師はそれを待っていたかのように雄弁に語られた。

「できるとも。女にフラれて〈あんな最低女、こっちから願い下げだ〉と思い直すのではないか。何かに夢中になっていても飽きるのではないか。長年信用していた人間を見損なうことも、百年の恋が冷めることもある。震災で家族を失えば、大事な骨董品がどうなろうと気にならないであろう。自分が死ぬ直前には、人の機嫌を取ろうと愛想笑いする気も失せ、大事に集めた野球カードもどうでもよくなるのではないか。これらは価値を転換しているのでなくて何であろうか」

　まさに目から鱗のお話である。公園が雷に打たれたように静まりかえるのをよそに、あれほどつまらなさそうにしておられた師はすっかり元気を取り戻され、高ぶりを鎮めるように、コーヒーを買いに行くとおっしゃった。小遣いの関係で、一日一杯しか飲めないコンビニの百円コーヒーをいま召し上がるのである。

　師はしばらくポケットを探っておられたが、みるみる顔色が変わるのがだれの目にも分かった。師は動転を隠す様子もなく、「ないっ！　財布がない。四百円入れていた財布が」とおっしゃり、「さっき転んだときに落としたのか」と言い残し、公園を脱兎のように走り出られた。

ぼっち席

いくつかの大学の食堂に「ぼっち席」が作られていると言う。ひとりぼっちで食べる学生用にテーブルに仕切りを作っているのだ。うらやましい話だ。わたしの家の食卓にもぼっち席がほしいものだ。

わたし自身、これほど人の目が気になるとは思ってもいなかった。多感な学生時代、間仕切りもない六人部屋の寮生活に何の抵抗も感じなかったのが嘘のようだ。飯場で働いていたころ大部屋で過ごせたのも嘘のようだ（実際、嘘だ）。

ぼっち席を作ることに批判的な人もいる。

「ぼっち席が必要だとは情けないことだ。社会に出れば、知らない他人相手に、物を売りつけたり、買い叩いたりしなくてはならない。家に帰れば個室もないのだ。社会性を養うべき学生時代から自分の殻に閉じこもってどうする。何のために幼稚園でみんな一緒にお遊戯をやらせたのか分かっているのか？　何のために整列させたり行進させたりしたと思っているのか。社会人として必要な協調性を養うためだ。教育の場でぼっち席などもってのほかだ」

このように若者を叱咤する人も、家では個室を要求し、病院に入院するときは個室に入りたがり、最終的には孤独死する。

わたしはぼっち席に賛成だ。食堂に「カップル席」を作るとか、また、わたしに理解できない方法で大富豪になった若者用の「VIP席」を作るというなら許せないところだが、実際にぼっち席に座るのは、女に声をかける勇気もないのに「あの女には隠れた欠点があるのではないか」と悩み、金儲けの方法も知らないのに金儲けの道に進むべきかどうかに迷うような好感のもてる学生なのだ。

最近の若者は十分社会的だと思える。昔のわたしより礼儀正しく、言葉遣いはわたしの妻より丁寧だ。「店員などはマニュアル通りにやっているだけだ」と言われるかもしれないが、もともと礼儀やマナーはマニュアルではないか。いずれ、マニュアルだろうと演技だろうと丁寧に接してくれさえすればありがたいと思うようになる（そうなったら一人前の中高年男だ）。

協調性がすべてではない。かりに「みんなに合わせていさえすればいい」と言うなら、何でも多数決で決めればいいことになる。地球は平らで不動だということになり、反対者は処罰されるだろう。それでもいいのか。もっとも、ガリレオや、市民の多数決で死刑になったソクラテスら、多数者に迫害された偉人の間で多数決をとれば「何でも多数決で決めるのは間違っている」という結論が出るだろうが。

孤独も重要だ。芸術家も学者も孤独の中で独創的な作品や独創的な考えを生み出してきた。わたしでさえ孤独の中で独創的に間違った考えを生んできた。協調性がすべてではないのだ。

何より、世の中には集団になじめないタイプの人も、社会に適合しようとしない妻のような人間もいる(その妻に合わせられないわたしは協調性がないのだろうか、あるのだろうか)。靴のサイズが一人一人違うように、席も色々あっていい。

ただ、孤独を貫くには強さが必要だ。

はばかりながら、わたしは「人の顔色をうかがわず、孤立を恐れず、千万人といえどもわれ往かん」をモットーにして生きることを願っている。理想としてあこがれているのも、孤高の哲人と荒野の素浪人だ。それなのに「千万人といえどもわれ往かん」が実践できないのは、妻が一人立ちはだかっているからだ。妻も「千万人といえどもわれ往かん」をわたし以上に強固に信奉し、力強く実践しているのだ。

わたしとしてはまず我が家の食卓にぼっち席を作ることに専念するつもりだ。

老人の生きる道

昔、老人は尊敬され、大切にされていた。だが現在、老人は迷惑がられている。どうすれば昔を取り戻せるか。老人には切実な問題だけに、それぞれ懸命に取り組んでいるが、ほとんど効果を上げるに至っていない。主な取り組みは次の通りだ。

①よぼよぼしたところを強調して同情を引く。

②敬老精神を要求する。

③過去の自分を自慢する。

だいたい過ぎ去ったことが自慢になるのだろうか。ちょうど鉄棒で逆上がりができないとき「何千万年か前、サルだったころは簡単にできた」と強がりを言うようなものだ。

④若者を教え導く。

わたしは何十年も教えたが、尊敬されたことはない。むしろ教えれば教えるほど尊敬心は失われて行く。

わたしは実際に直接、学生に尊敬を要求したことがある。返ってきた答えは「どこを尊敬するんですか？」だった。尊敬すべき点を探しても見つからなかったので、断定した。

「未熟な者が年長者を尊敬するのは当然だ」

「それなら成熟してください」

「君らには成熟とは何かが分かっていない。分かりやすく言おう。サルの社会でもベテランがボスになる」

「それは強いサルだからです。秩序を維持し、外敵から集団を守るから尊敬されるんです。言うまでもなくその力が失われたらボスの座を追われますよね？」

「そ、その通り。いま思い出したが、わたしは強くないんだ。とても弱い。尊敬しろとは言わないが、弱者をいたわれないか？」

「〈いたわれ〉と要求する人なんかいたわれません」

「要求しなきゃ要求内容が分からないだろう」

「分かりたくありません」

このように敬老精神を説いても、教え導こうとしても軽蔑されるだけなのだ。

もはや明らかだろう。こういう取り組みでは尊敬を勝ち取れるわけがない。だが絶望するのはまだ早い。だれからも相手にされなくなってからが孤高の道を歩むチャンスだ（実際、それしか歩む道がない）。

だが孤高を保つのは難しい。病気かどうかを調べるにも、コロッケ売り場に行くにも人に頼るのだ。孤高に徹しきれないままこれ以上年をとったらどうなるのか。それを知る手がかりがある。

わたしより十六歳上の精神科医、三浦勇夫氏だ。成熟度はわたしと同程度だ。友だちづきあいをしているのがその証拠だ。しかも人間のタイプが似ている。だから自分の未来の姿が鏡を見るように分かるはずだ。

先日、三浦氏から電話があった。電話で聞く近況は決まっている。手に余る問題を多数抱えているのだ。一つでも解決したという話は聞いたことがない。問題を生み出す能力は衰えないまま、一方、解決能力は未発達なままなのだ。わたしも問題を多数抱えているが、泣き寝入りによって壊滅的打撃を回避している。ただ根本的解決も回避しているから、わたしも将来、悩みも迷いも深まる見通しだ。

三浦氏が嘆いた。

「何の因果でこの歳になって苦労が絶えないんだ？」

「身から出た錆じゃないんですか？」

「違う。心当たりがある。神戸の方にいて、哲学者なのにアサハカなことしか言わない未熟な男がいてね」

毒舌の能力も達者だ。

「あんたの本を読んで興味本位で診察に来る人がいるんだ。そういう人には〈彼も悪気はないんだから〉とあんたをかばっている。わたしも最近は成長したよ。神も仏もあると思うようになった」

「じゃあ悔い改めるのに忙しいですね」

「いや自分が神か仏だと思うようになったね。哀れな人を救いたくて、とくに神戸のフビンな男を」

わたしもこうなるのだろうか。

運転免許の更新

運転が好きだ。車を乗り回すのが子どものころからの夢だった。だが、免許を取得してから、霊園の無人駐車場を三周したのを除けば、一度も運転したことがない。好きなことなのに一度もやったことがないのだ（一攫千金や豪遊も好きだが一度もやったことがない）。

ずっと運転していないと運転するのが怖くなる。この高い安全意識のおかげでゴールド免許だ。

免許の更新は欠かしたことがない。車を乗り回す日を夢見ているのだ。先日も免許更新の通知が来た。

だがいつもとは違った。七十歳からは教習所に行って実地に運転してみせないと更新できないという。困った。合格する自信がない。ブレーキやアクセルがどこにあるのかも忘れているのだ。どうすべきか迷った。

①猛練習をして更新する。
②免許を返納する。

③失効する前に免許証で金を借りられるだけ借りて姿を消す。

熟慮の末、免許は更新しないことに決めた。免許をもっていても、どうせ運転する技術も度胸も事故を起こしたときの示談金もない。免許証でお金を借りるのも現実的ではない。これまで姿を消したいと思ったことは数知れないが、一度も成功したことがないのだ。

しかも免許を返納すると、特典がある。わたしの地域ではタクシー料金の割引のほか、生前遺影写真の撮影料も一割安くなる。これで返納の決心がついた。

だが更新の期限が迫ってくると、決心がゆらいできた。運転は子どものころからの夢だ。その夢を遺影写真の割引のために捨てるのは敗北だ。調べてみると、教習所での実地は試験ではなく講習だから、落とされることはまずないらしい。

それで勇気がわいてきた。更新にチャレンジしよう。実際に運転させられるので、最低限、アクセルとブレーキの位置や、車の動かし方をインターネットで調べ、イメージトレーニングをする必要がある。イメージだけなら簡単だと思うかもしれないが、ドアを開けてアクセルを踏むまでがイメージだけでもスムーズにいかない。やっと動いたと思ったら暴走してきたトラックに衝突されるイメージが浮かぶ。自分の控えめな性格を呪う。

教習所は近くに二ヶ所ある。インターネットで調べると、一方は暴言を吐く教官が数人いると書かれている。暴言には慣れているが嫌いなことに変わりない。もう一つの教習所に電話で申し込むと、来年四月まで予約が一杯との返事だ。それでは免許が失効してしまう。やむなく評判の悪い教習所に電話すると、午後五時からなら期限内に予約が取れるという。ブレーキとアクセルの位置も知らないわたしが行けば、暴言の嵐になるだろう。

暴言シーンを織り込んでイメージトレーニングに励んでいるうちに再び気が変わった。

午後五時といえばもう暗い。夜間運転はしたことがない。ライトのスイッチがどこにあるのかも分からない。そういえば方向指示器のスイッチの位置も分からない。ブレーキとアクセルの位置は調べたが、それ以外、車内の様子は一切分からない。ドアの開け閉めもできるかどうか自信がなくなった。これで車庫入れなどやらされたらアウトだ。

たとえ免許を更新しても、妻が、車を買うのも運転をするのも許さないと強硬に言い張っている。妻の死を待つしかないが、先に死ぬのはわたしだ。

結局、子どものころからの夢をあきらめ、返納することにした。今後、運転するときは免許を一から取り直すか、子ども達にまじって遊園地のゴーカートに乗るしかない。

すべてを思い通りにする方法

過ぎ去った一年を振り返って愕然とした。思い通りになったことが一つもない。だれも似たり寄ったりではなかろうか。テレビひとつ取ってもそうだ。テレビで見るひいきのスポーツ選手は決まって活躍せず、好きな女優は必ず結婚する。面白いと思ったドラマが連続物の第三話だったため筋がはっきりしない。全編録画した連続ドラマが面白そうだと思って楽しみにしているうちに、第一話を誤って消去してしまう。やむなく第二話以降を消去した後で、再放送が始まったことが分かる。それを知ったときには第一話の再放送が終わっている。

夜中にテレビをつけると妻がうるさがる（妻は自分のいびき以外は完全な静寂を要求する）ので、ヘッドホンで聞こうと、テレビのヘッドホンの差し込み口を探すが、テレビの裏側は決まって暗い上に、視力も衰えている。差し込み口の場所をよく見ようと顔を近づけるとテレビの角に目が激突し、目がつぶれたかと思うほど痛む。目の縁だったので眼窩の骨折に違いない。骨折の痛みがひくのに十分ほどかかる。疑いなく脳にダメージが残ったはずだ。

先日は、テレビをつけると、上端五ミリに映るだけで、画面の九十八パーセントは一面灰色で、愚かそうなわたしの顔が怪訝な表情を浮かべているのが反射して映っている。あらゆるボタンを押し、電源を何度入れ直しても変化はない。テレビに「怖がることはないんだよ。画面よ、出てきなさい」と言い聞かせても無反応だ。

このテレビは、希望とは違う製品を安いから買ったのだが、その一週間後にはさらに値下げされ、二ヶ月後には新製品が出た。

その後、数年で数回故障した。そのたびに押せるボタンはすべて押し、最後は説明書を読んで対処した（説明書に対処法を書くぐらいなら、なぜ最初から不具合が起こらないように作れないのか）。今回のように画面の二パーセントしか映らない症状は、説明書には何も書いていない。もう買い替えだ。こんどは妥協しないで希望のテレビを買おうと胸躍らせたとき、突然正常に映るようになった。

テレビに振り回される経験にわたしは決心した。故障しないテレビを開発しよう！　若いころならこう決心しただろうが、そんな無茶なことを夢想するには成熟しすぎている。テレビから離れよう（どうしても必要なときはリモコンを使うつもりだ）。テレビを見ても賢くはならない。その証拠にテレビ中毒の偉人はいない。坂本龍馬もソクラテスも、テレビに興味を示しただろうか。

テレビの不具合問題はわたしの経験するトラブルの中ではありふれており、ほんの序の口だ。ここに書けないような悲惨な経験も数え切れない。なぜここに書けないかというと、それらはわたしの経験ではないからだ。

この一年間、やることなすことが裏目裏目に出た。

だがこの状況を根本から変える方法を発見した。「思い通り」というからには何かを思っているはずだ。その内容を変えればいい。

テレビ番組に失望するのは「面白いはずだ」と思うからだ。何も思わず、何も期待しなければ問題ない。念のため、何を思ったかを後で決めればいい。テレビが面白くなければ虚心坦懐につまらなさを味わい、「思った通りだ」とつぶやけばいい。故障すれば、虚心に「故障した」と困り、「思った通りだ」とつぶやき、宝くじが外れれば「外れたか。思った通りだ」とつぶやくのだ。こうすれば、自分の気持ちひとつでどんな事態になっても思い通りに起こったことになる。

練習してみて分かった。自分の心が一番思い通りにならない。思った通りだ。

挫折の伝道師

最近は感動させる技術が発達し、テレビのドキュメンタリーも感動的に作られている。感動的すぎて現実の話とは思えないほどだ。実生活はつまらない挫折ばかりなのだ。これだけ現実から乖離して、ドキュメンタリーと言えるのか疑問だ。昔の教え子に話した。

「テレビのドキュメンタリーは現実離れしていると思わないか？」

「一応記録だから嘘は入ってないでしょう？」

「でもドラマに仕立てているだろう？　現実の世界にはないナレーションや音楽を入れて盛り上げるし、内容にしても、努力の末に大成功を収めた話ばかりだ」

「挫折の話もあります」

「劇的な挫折だけだ。日常ありふれた挫折には目もくれない。学生を教育することに挫折するとか」

「その裏で先生に有益なことを教えてもらえると思った学生が何十人も挫折しているんです」

「ま、みんな日々地味に挫折してる。小学生だって忍者になろうとして挫折しているんだ。そういう話をなぜ取り上げない」

「そんなものを見ても面白くないからでしょう」

「劇的な成功や挫折しか描かないならドラマを作ればいい。われわれの挫折はもっと地味な挫折だ。たとえば恋愛で挫折を重ねて目を覚まし、幻想を捨てて結婚すると、最終的に大きく挫折する。こういうだれもが味わう挫折がドキュメンタリーでは描かれない。ドラマにならないからだ」

「先生の挫折なら恋愛でも結婚でもドラマになりますよ。立派な喜劇です」

「人を笑ってるとバチが当たるぞ」

「もう当たってます」

「えっ、どんなバチだ？」

「先生の教え子になったことです」

「それなら君らを教えたわたしの方がバチは大きい。とにかく人間は挫折を重ねて成長するというのは誤りだ。人間は挫折を重ねて挫折に至るんだ」

「そのことば、さすが挫折のプロ。挫折の鬼です」

「聞こえが悪いなぁ。せめて挫折の伝道師ぐらいにしなさい。わたしに限らずみんな似たり寄ったりの挫折を味わってるんだ。挫折をドキュメンタリーにするなら、切り込んでほしいことがある。そもそも挫折したのは確かなのか？　それを疑ってもらいたい」

「疑えるんですか？」

「疑えるんだ。たとえばマイルス・デイビスというジャズの革命児がいる。それまでのジャズが複雑化して和音がめまぐるしく変わるようになっていたのを大幅に単純化した。一曲に二個しか和音を使わないとか」

「複雑な音楽に挫折したんですね？」

「そうも言える。複雑なのも飽きてくるからね。だが単純化するともっと難しい。アドリブが単調になってしまうんだ。だから単純化しようと思いついてもすぐに挫折して、みんなあきらめてしまう。だがマイルスは違う。それを挫折と認めず、単調にならない方法を工夫してやり抜いた。ドキュメンタリーで挫折を取り上げるならそこまで掘り下げてもらいたい。コルトレーンというジャズ・ミュージシャンもそうだ。ドレミソラという五音音階でアドリブする彼のやり方は、単調すぎてふつうならすぐに挫折してしまう。だがコルトレーンは挫折とは認めず、工夫を凝らして五音音階を貫いた。この二人の業績がいまのジャズを支えている……興味がなさそうだな」

「よく分かりましたね」

「授業中と同じ顔つきだからね。とにかく、挫折と思ってあきらめたら本当の挫折になるんだ。ドキュメンタリーで挫折を描くなら、こういうところまで切り込んでもらいたい」

「分かった！　先生の挫折も、実は挫折じゃないと言いたいんですね。さすが挫折の伝道師、言い逃れの極致です」

受験にも仕事にも結婚にも自殺にも
挫折した挫折続きの男

水もしたたる男

わたしは「薄っぺらだ」とよく言われる。たしかにわたしのどこをとっても深み、厚み、重みがない。血液まで薄くて貧血気味だ。不本意ながら、薄っぺらだということを否応なく納得させる現象がある。

風呂に入る前より入った後の方が二百グラムから四百グラムも体重が減っているのだ。二百グラム単位でしか測れない体重計（定年のとき三十五年間の労苦に対して与えられた唯一の記念品だ）なので、純減というわけではないが、そんなに減るものだろうか。毛髪や垢は失われるだろうが、何百グラムも失われるはずがない。湯船には一、二分しか入らないから、汗もほとんどかかない。体重が減る理由を考えた結果、次の結論に達した。

①わたしの身体は水分を吸うスポンジのようにスカスカではない。

②体液が湯船の湯より薄いため、浸透圧で体液が湯の中に流出してしまう。

もはや身体の芯から薄っぺらな人間だと納得するしかない。

だが身体的に薄いとしても、人間性まで薄いことになるのか？　わたしの言動は軽薄とされ、何を発言しても軽くしか扱われないではないか。しかも笑い物にしていないか？　薄いという事実を客観的に表現しているだけだと言うなら、「薄っぺら」の「ぺら」は何なのか？　笑い物にするためではないか。

　たしかに常識では、人間性と外見の間にはつながりがあるとされている。ドラマでも役者の外見は重視され、貧相な外見の役者が、大富豪や豪傑の役をしたり、メタボに苦しむ男の役をすることはまずない。また「顔が悪い人は性格も悪い。顔は性格を表す」と強硬に主張する妻の顔立ち自体、厳しく険しい。

だが人間の内面と外見の結びつきはさほど厳密ではない。貧相な外見の大富豪も豪傑もいるはずだ。身体上の薄さを人間性に拡張して、その上笑っていいのか。

　わたしを「貧相」と表現する風評も同じだ。最初、やせた体型を形容しているのだと思っていた。だが太って人並みの体型になっても、「貧相な小太りもありうる」と言われるようになった。イギリスにいたときも、隣家の老婦人が、わたしの妻が偏った情報を不正確な英語で伝えたのを聞いて、わたしを「プア・ハズバンド」と呼ぶようになった。「プア」なら同情してもよさそうなのに、可笑しそうに笑いながら言うのだ。明らかに「プア」を笑い物にするために使っている。

　わたしを「干からびている」と表現するのも、笑い物にする以外の何物でもない。なぜ「ギラギラ・ベトベトしていない」とか「さわやか」と言わないのか。以前、ネット上で「大学に行けばナマ土屋が見られる」とだれかが書いたところ、何者かが「ナマ土屋はいませんが、干し土屋がいます」と書き込んだ。

だが実はわたしは乾燥すらしていないのだ。「干からびている」という風評を根底から覆す出来事が数日前に起こった。風邪で鼻水がとまらなくなったのだ。アイデアは出てこないのに、鼻水はとめどなく出てくる。身体がくめども尽きぬ泉になったようだ。もともと鼻には一方がふさがっても呼吸できるように穴が二つある。だがそのときのわたしは、鼻水が両方の穴からあふれ出ており、鼻の穴が三つも四つも必要だった。

鼻水は丸一日あふれ続けた。出た量を合わせると、誇張でも何でもなく、東京ドーム五個分の広さの湖に浮かべたタライの中のオチョコ半分はある。干からびた男からこれだけ水分があふれ出るだろうか。むしろわたしはみずみずしい、水もしたたる男なのだ。

干からびていると言っているやつらに見せてやりたい。鼻の両方の穴にティッシュをつめたわたしの姿を。

住み心地の問題

「住めば都」と言うが、誤りではないかと思う。第一、自分の家の中を居心地がいいと思う妻帯者はほとんどいない。そもそも自分の住んでいる場所が住み心地がいいかどうかをちゃんと判断できるのだろうか。

昔、ある大学に講演に行ったときのことだ。最寄りの駅に係の人が車で迎えに来てくれた。大学は駅から車で十分ほどだ。少し走ると人家は途絶え、木々が一面に広がっている。聞いてみた。

「このあたりの住み心地はどうですか？」

「住み心地はすごくいいですよ」

「でもさっき、駅に着いて時間があったのでホテルの横の喫茶店に入ったんですね。そこはメニューも外に出ていて営業中だったんですが、人っ子ひとりいないんです。客も従業員も。それでも住み心地はいいんですか？」

「そういうこともあるかもしれませんが、でも住み心地はいいですよ」

すっきりしないまま、しばらくすると右手に建物が見えてきた。森の中に突然建物が出現したようだ。係の人が説明した。

「これは図書館です。そばには美術館もあります」

「ここにコンビニがあればいいんですけどね」

「この辺は保安林で建物が建てられないからコンビニも作れないんです」

それでほんとに住みやすいのだろうか。疑問は深まった。そこからさらにかなり行ったところに大学があった。草深いところなので、「ここは携帯が通じなかったりしてね」と冗談で言うと、驚いたことに、係の人は「ほんとうに通じないんです」と言う。聞けば聞くほど住みやすい材料が見当たらない。そこでさらに「ほんとうに住み心地がいいんですか」と念を押すと、動揺することなく「住み心地はいいです」と答えた。

おそらくこの人は、原生林には住めないが都会も住みにくいと思っているのだろう。また家にいるときに都合の悪い電話が携帯にかかってくると困ることがある。コンビニも、もし近くにあれば「ちょっとアイスを買ってくる」と言って一時間も帰って来なければ怪しまれる。それを考えてコンビニもなく携帯も通じない土地の方がいいと思っているのかもしれない。

この例にかぎらず、住み心地のよさが判断できているのか疑問なことが多い。

わたしは違う。自分の住んでいる神戸は住み心地がいいと断言できる。

神戸は都会だから人は多い。親友はいないが。山と海に挟まれたわたし好みの地形だ。たしかに窓からは山も海も見えないが、人家の屋根が見えるし、空（＝宇宙空間）もはっきり見える。めったに行かないが、近くにコンビニもある。近くを流れる川の水量は乏しいが、数十年前には大洪水になるほど水流が豊かだった。携帯で話す相手はいないが、携帯の受信状態は良好だ。まったく利用しないが、世界のブランドショップがそろっている。夜は出歩かないが、深夜まで営業している飲食店が多い。朝は寝ているが、喫茶店のモーニングサービスが充実している。酒は飲めないが、銘酒の産地だ。買ったことはないがケーキ店が多い。交流はないが、裕福で上品な人が多い。行くことはほとんどないが、大阪が近い。詳しくは知らないが、近くには多数の史跡がある。家からは見えないが、日本有数と言われるほど夜景がきれいだ。阪神ファンではないが甲子園球場が近い。利用することはないが、スーパーコンピュータやスプリング8など先端技術の施設がある。飛行機には乗らないが、飛行場が近い。一度も行ったことはないが、東京スカイツリーに日帰りで行ける。書けば書くほど住み心地がいいという確信が強まった。

善人になる方法

　善人になりたいと思う人が何人いるだろうか。人間は思春期になると、親や学校が推奨するものは軽蔑すべきものだという信念を形成する。それ以来、多くの人は「よい子」になることを死ぬまで拒否し続け、電車で抵抗感なく老人に席を譲ることすらできなくなる。

　だが人間は複雑なのか単純なのか、これとは矛盾した面をもっている。自分を犠牲にして人命を救ったり、危険を冒して悪と闘う人には感動し、憧れる。ドラマでも小説でも好まれるストーリーはたいてい悪が倒される話だ。ヒーローは悪を憎み、悪と闘うのだから明らかに善人である。しかも極端な善人だ（もし主人公が裏で悪事を働いていたならだれもヒーロー扱いしないだろう）。ほとんどの人は善人に憧れているのだ。

　だが、善人になるのは簡単ではない。善人になるには三つの方法がある。
①**教育**　古来なされてきた方法は、子どものころから道徳を教え、善悪を教えるというやり方だ。こういう教育は脳の中に一種の回路を作り、悪いことをしようとす

ると自動的にブレーキがかかるようにするものだ。ただ、この回路は強固ではない。犯罪はなくならないし、わたしのように平気で嘘をつく人間が後を絶たない。教育によって実際に養われるのは往々にして「悪いことをしてはいけない」という道徳心より、「見つかると痛い目にあう」「善い行為をしないと非難される」という恐怖心だ。これでは善人とは言えない。

②手術　将来、科学が発達すれば、手術か電気刺激によって脳を変えられるようになるだろう。おそらく、教育で脳に回路を形成するより手術によって脳を変える方が強固な回路が形成できるだろう。だが、これには色々な問題がある。その一つは、こうやって作られた人間は、善人と言えるのかということだ。

善も悪も選ぶことができないと、善悪は成り立たない。地震で岩が落ちて怪我をしても岩や断層を罰することはなく、人命を奪ってもウイルスが責任を問われることはない（人類の敵とはみなされるが、「罰して」いるわけではない）。人間でも薬物などによる心神喪失や何かの病気で勝手に手が動いて人の顔を殴った場合も罪に問われない。

このように、選ぶ自由がなければ、善も悪も成り立たないのだ。だから悪い行為をすることができないなら、善人とは言い難い。善人であるには、悪いことをする可能性をもっていなくてはならないのだ。実際、自由に選べない人間をヒーローとか善人と呼ぶには無理がある（ドラマやアニメでは絶対に悪事を働かない正義の味方やロボットがヒーローになっているが、それが脳を手術した結果だったらヒーロー扱いされなかっただろう）。

③**孔子**　教育の結果なら善人になるのに、手術の結果なら善人とは言えない。では教育と手術の違いは何だろうか。脳の回路が自由を奪うほど強固かどうかだろうか。だが、回路が弱ければそれでいいのか。それなら孔子はどうなのか。孔子は求道的生活を送り（「朝《あした》に道を聞かば夕べに死すとも可なり」と考えていたほどだ）、「七十にして心の欲する所に従って矩《のり》を踰《こ》えず」と言った。これは自分の好きなことをしてもそれがすべて善い行為になっているという境地だろう。だがそれなら手術によって善い行為しかできなくなった場合と同じではないのか（もし孔子がヒーローでも善人でもないことになれば、同じ七十歳のわたしとしては安心できるのだが）。

妻の意見を聞くと、こう答えた。

「善悪なんかどっちでもいい。そんなことより、男がもっと聞き分けがよくなる方法はないの？」

報いを求める卑しい心

小さい喫茶店の片隅にみすぼらしい老人の姿が見られた。急に降り出した雨に打たれたのか、頭から肩にかけて濡れそぼっており、いっそう哀れを誘っている。よく見ると誰あろう、かの並外れた聖人、ツチヤ師である。

仲間に連絡すると、雨の中を崇拝者が何人も集まった。ツチヤ師のわずかな言動も見逃すまいとしているのである。中の一人が師の濡れそぼったお姿を見て、「どうぞお拭きください」と言ってハンカチを差し出すと、師は我に返ったように頭や肩を拭かれ、ハンカチをご自分のポケットにしまわれた。ハンカチを差し出した男は無言で寄進した栄誉をかみしめている。師が口をお開きになった。

「あの張り紙を見よ。〈特製カレーライス　手作り!〉、その横に〈三日間丁寧に煮込みました〉と書いてある。手作りの方がおいしいと言わんばかりである。手作りがおいしいなら、家庭料理はすべておいしいことになる。わたしの妻の料理がおいしいのであろうか。なぜ手作りが自慢になるのか。手そのものを作ったというなら自慢になるだろうが、それでも料理の味には関係がない。手で作ろうと機械で作ろうと天然の物であろうと、おいしさには無関係である。〈手作りサンマ〉や〈手作り牛乳〉があればおいしいであろうか」

熱弁のあまり、コップが倒れて水がこぼれた。一人がすかさずハンカチを差し出すと、それでズボンをお拭きになり、そのままご自分のポケットにしまわれ、話をお続けになった。

「しかも三日間煮込めばおいしいのであろうか。妻がカレーを作るとカレーの日が三日間続くが、三日煮込んでもおいしくはならない。妻は〈うどんは一日おくとおいしくなる〉と言って、前の日に作ったうどんを出すが、よけいまずくなるだけだ。むしろ刺身など短時間で作らないとまずくなるのではないのか。時間をかけることが尊いなら、なぜ計算機は速い方が喜ばれるのか。なぜ陸上競技で短時間で走った者を勝ちにするのであろうか。手間をかければ結果もよくなる、努力をすれば報われるという先入観がはびこり、何かするたびに見返りを求めることにもなっている。なんと卑しいことであろうか。こういう者が寄付でもすると、見返りに感謝を要求する。女にフラれると、贈ったプレゼント代を返せと要求する。謝れば許されると考え、許してもらえないと逆ギレする。神に祈るときも、賽銭を出すからとか禁煙するから願い事を聞いてくれ、と要求する。神は取引相手であろうか。これではホメられたい一心でいい子にする子どもと同じである。食べ物ほしさにお手をする犬と同じではないか。見苦しすぎる」

師は興奮を鎮めようとコーヒーを一口お飲みになったところで急に咳き込まれ、手に持ったカップのコーヒーがシャツにこぼれて大きく広がったが、気づくことなく話を続けられた。

「結果が悪くても、努力を評価してくれと言う者がいるが、努力そのものに何の価値があろうか。努力に価値があるなら、大学合格も金メダルも努力の量で決めればよいのである。結果が出ないから努力だけでも評価しろと訴えるのはムシがよすぎる。努力しないで結果を求めるわたしの次にムシがよすぎる」

驚きだった。師が努力嫌いだということを一同、初めて知ったのである。むろん厳しい修行もなさらなかったに違いない。並みの聖人ではないのである。

シャツにこぼれたコーヒーが浸みてきたのか、しきりにシャツを引っ張っておられたが、コーヒーのシミに気づかれ、ため息をつきながら、つぶやかれた。

「いくら謝っても許してくれない」

決断とサイコロ

並外れた聖人ツチヤ師が崇拝者たちを従えて喫茶店を出ると、さっきまで降っていた雨はすっかり上がり、冬の冷気がすがすがしい。ただツチヤ師だけは、雨に濡れたのとコーヒーをシャツにこぼしたのとで池に落ちた猫のようなみすぼらしいお姿である。師は「身体が濡れているのに喉が渇くのはなぜだ？　世界は不思議なことばかりである」とおっしゃった。不思議でも何でもない。師は喫茶店でコーヒーをテーブルと床とシャツの上にほとんどこぼしたため、少ししかお飲みになれなかったのである。

師はコーヒーが飲み足りなかったのか、自販機で缶コーヒーを買って立ったままお飲みになり、まわりを崇拝者が囲んだ。知らない者が見たら、貧しい老人を大勢でカツアゲしていると思うであろう。

突然、師が町内に轟きわたるほど大きいくしゃみをなさり、くしゃみのせいか涙ぐんでつぶやかれた。

「風邪かな？〈何度風邪を引いたら気がすむの？〉と妻に言われる」

そのとき、四十がらみの男が進み出て言った。

「いま結婚を考えているのですが、ご苦労を拝見し、迷っています。本当に結婚すべきでしょうか」

師は「苦労がイヤか？　苦労は買ってでもしろ、と言うではないか」とおっしゃった。「若いときの苦労は」という限定が抜けていると全員が思ったが、些細なミスにかまう者は一人もいない。師は続けられた。

「不幸を恐れてどうする。不幸は人生の重要な部分である。結婚しても不幸になるだけである。最悪でも保険をかけられて殺されれば、不幸もそこで終わるではないか」

「でも決断できません」

「ではわたしが代わりに決めよう」

「で、でも、自分で決めるべきではないでしょうか」

「考えよ。決断とは何かを。結婚する理由も結婚しない理由も山ほどある。一方に決める必然的理由はない。結局、決断するときは自分の頭の中でサイコロを振っているのだ。それなら実物のサイコロを振っても同じことである。いいか？」

「おっしゃる通りです」

「そのサイコロを他人に振ってもらっても同じことである。人間の意図を排除するためにサイコロで決めるのだから、サイコロを振るのは自分でなくてもよい」

「はい、その通りです」

「それなら他人の頭の中でサイコロを振ってもらっても同じことである。つまり自分が決めても、他人が決めた通りにしても、要はサイコロを振るだけだから違いはない。違うと感じるのは気分の問題である」

だれがこれほど独創的なことを考えられるだろうか。水ももらさぬ論理に一同、感服のため息をもらした。師のお話がどんなに間違っていようと、あまりにも偉大なおことばであり、感銘を与えてやまない。調子に乗った師は空を指さして「見よ！」とおっしゃった。

澄み渡る空にはわずかに残った雲しか見えない。深遠なおことばを一同が待っていると、「あそこに火星がある。いまは見えないが」とおっしゃった。火星の位置は師の指さす方向とはまったく別方向だが、そんな些事はどうでもいい。それよりはるかに重要な哲理が語られるのである。

師は「火星に土地を百坪もっていても、もっていなくても気分以外に何の違いがあろうか」とおっしゃった。見事なたとえである。一同が感銘にひたっていると、師が突然、黙りこくった。身じろぎもしない。さらにありがたいおことばを期待していると、立て続けに四回大きいくしゃみをなさった。はずみで缶コーヒーが師のズボンに大きくこぼれた。それを見た師は、自分に言い聞かせるように消え入りそうな声でつぶやかれた。

「叱られるのが自分か火星人かは気分次第……ならいいんだが」

おれがみずから選んだ生活ってこれだったのか？

カップの歴史

水は人間の生存に不可欠である。水を入れる容器も重要だ（以下、水を入れる容器をカップと総称する）。

人間以外の動物はカップなしでも水を飲めるが、人間が池や川から直接水を飲むには舌、首、鼻、口が短すぎる。手で水をすくっても、水かきがないため指の間から水がこぼれてしまう。もともと水かきはあったが、手袋が入らないために退化したのである。

だが人類には英知がある。カップを発明したのである（英知といってもこんなものだ）。

人類は最初、蝶や蚊を観察して、ストローで吸うことを思いつき、麦わら、竹、葦などをストローとして使ったが、この方法には欠点があった。飲みたいときに遠くの川まで歩かなくてはならず、吹き矢をストローに使っていて毒矢を誤飲したり、川でワニに襲われたり、水を吸っているところを配偶者に突き落とされたりして命を落とす者が続出した。

この事態に、リスクに警鐘を鳴らす者、ワニと闘う方法や、配偶者を怒らせない方法を説く者、すべてを従容《しょうよう》として受け入れるハラを作れと説く者が現れた。

その一方で水を保持する容器への要求が高まり、水を保持する原理が探求された。ある者は、地面や岩のくぼみなどの水たまりがほぼ丸い形をしていることから、丸い形をしていれば水を保持すると主張したが、三角形のくぼみでも水を保持することが示されて退けられた。ある者は凹みがあればいいと主張したが、砂に掘った穴が水を保持しない事実によって反証された。

人類は水たまりを作る小さめの岩をカップとして使ったが、数が限られていたため、カップは貴重品となった。現在、優勝すると優勝カップを授与するのも、カップが貴重品であったころの名残である。

決定的な一歩が踏み出されたのは探求が始まってからわずか百五十年後だった。カプーリカプラメン・バスガスバクハツ・ドス・ダイサンゲンという農夫が、壺を小さくすればいいということを発見し、当時のノーベル賞を受賞した。当時、壺は穀物を入れるための容器だったが、雨水がたまることが知られてから、水がめとしても使われるようになっていたのである（土器の発明者も当時のノーベル賞を受けていたが、火の発見者は表彰されなかった。その当時は表彰や賞の概念がなかったからである）。

カップが作られてからの変化はめまぐるしかった。熱いスープを入れると容器が熱くなり、手袋をして飲む必要があったが、カップを分厚くすると重くなって片手で飲めなくなる上、怒ったときに投げにくい。そこで棒状の取っ手がつけられたが、折れやすいとの苦情が相次いだため、指を入れられる耳の形をした取っ手がつけられ(間もなくデザインの関係で指は入らなくなった)、「取っ手は折れやすいので要注意」という注意書きが添えられた。

カップは薄くなり続けた。薄いと、軽くてもちやすい上、割れやすいから需要が途切れないという生産者の思惑もあった。斬新な形や模様のカップが相次いで考案され、一部は高値がつけられた。安価なカップは気に入りにくく、飽きやすいため、ぞんざいに扱われ、すぐに割れる一方、高価なものは押し入れ深く保存されたまま忘れ去られるか、骨董品として「いい仕事をしてますねぇ」と高く評価されたり、偽物が作られたりするようになった。こうしてカップは文化の一部になったのである(文化といってもこんなものだ)。

いまわたしがカップを誤って割ったため、家の空気が凍りついている。この事態をカプーリカプラメン・バスガスバクハツ・ドス・ダイサンゲンは予想しただろうか。

危険な思い込み

われわれは数々の誤った思い込みをもっている。たとえば「高価な物ほど品質がよい」と思い込んでいる人が多い。

先日も、有名店のういろう二本入りの箱が届いたが、妻に内緒で食べてしまい、スーパーで買った安物のういろうを代わりに入れておいたところ、妻が「やはり本物は味が違う」と言った。

思い込みの中でも実害が多いのは人間関係をめぐる誤解である。常識的には次のように考えられている。

①「ケンカしたり争ったりするのは、相互理解が欠けているからだ」

だが、良好な関係も実際には同床異夢の上に築かれていることが多い。もし相手のことを「失敗しろ」とか「死ねばいいのに」と考えていることを相手に知られたら、良好な人間関係は望めない。飼っている子ライオンが「この飼い主はおいしそうだ。ぼくが大きくなったら食べてやる」と考えていることが分かったら、ふつうにかわいがることはできないだろう。相互理解は争いのもとだ。

②「相互理解が不十分なのは、ことばによるコミュニケーション不足のせいだ」
自分の本心を何でもことばにすれば相互理解はできるかもしれないが、良好な人間関係は築けない。ことばの通じない犬や赤ん坊との関係ほど気持ちが通じ合う関係はない。

③「十分に自分を知ってもらえば尊重してくれる」
これが正しいなら、好きな人の前ではだれでも猫を被るのはなぜなのか、説明できない。

これらの誤解が最も極端に出るのは夫婦の間である。

女はよく「ことばで表現しないと分からない」と言う。欧米のように妻への愛と賛美を毎日ことばで表現しなくてはならないと考えている。それならまず夫への尊敬と愛を毎日表現してみろ、と言いたい。

女がことばで明確にしろと要求するのもうなずける。面と向かって「頼りにならない男ねぇ」「それでも男?」「バカじゃないの?」と誤解の余地なく表現するし、自分の欲しい物については、いかに不可欠であるか、どのブランドでなくてはならないか、なぜ高価でなくてはならないかを疑問の余地なく伝達する。

それなら肝心のことは何も言わなくても察知しろと言うのはなぜなのか。たいていの男にとって熟年離婚を妻に言い渡されるのは青天の霹靂だ。自分のどこが悪いのか分かる男はほとんどいない（自分のどこがいいのか分かる男もまずいない）。なぜことばで教えてくれないのか。女の言い分は「女は長年信号を発してきた。それを察知しないのが悪い」というものだ。だがこれほど重要なことを、なぜ鈍い男の察知能力にゆだねるのか。男の察知能力が低いことぐらい察知していいはずだ。

女はよく「言いたいことがあるならはっきり言いなさいよ」と男を責めるが、はっきり言えないのは、女が怒るようなことを考えているからだということぐらい察知できないのだろうか。

女自身は男の気持ちを察知はするが、余計なことまで察知する。たとえばわたしが体温を測り、「うわっ、六度八分ある」と言うと（ふだんは五度台なのだ）、「そんな体温で鬼の首をとったような顔をするんじゃないわよ。その程度で仕事をサボろうっていうわけ？　先週も同じ手をつかったでしょ？　何度も同じ手が通用すると思っているなんてバッカじゃないの？　体温計をちょっと見せて。あらっ、六度二分じゃないの！　卑怯者！　こんなにサバを読むなんて最低！」と怒る。まったくの濡れ衣だ。わたしがサボりたいのは仕事ではなくベランダの掃除なのだ。それにいつもはもっとサバを読んでおり、今回は控えめだったのだ。口が裂けても言えないが。

正しい願望のもち方

願望をもつのは難しい。ジョークを見てもらいたい。

★無人島で暮らす三人の男が、漂着した空き瓶を開けたところ魔神が現れ、一人一つずつ願いをかなえられることになった。男Aが「妻と子どもがいる家に帰りたい」と言うと、たちどころに男は消えた。男Bが「恋人のベッドに帰りたい」と言うと、たちどころに願いがかなえられた。残った男Cが「独りぼっちで淋しいよ。二人とも帰って来てくれないかなぁ」とつぶやくと、たちどころに願いがかなった。

★夫婦ともに六十歳になったとき願い事が一つずつ許された。妻が世界一周旅行を望むと、チケットが現れた。夫が「自分より三十歳下の妻がほしい」と言うと、夫は九十歳になった。

★「願い事を三つかなえよう。ただしお前の妻には二倍の結果がもたらされる」と魔神に言われた男が、「千万ドルの預金をください」と願うと、夫に千万ドル、妻に二千万ドルの預金が入金された。「邸宅をお願いします」と願うと、夫には一軒、妻には二軒の邸宅が与えられた。最後に、男は「わたしを半殺しにしてください」

と言った。

★バーで飲んでいたアイルランド男が古いランプに触ると魔神が現れ、三つの願いをかなえると言う。男が絶対にカラにならないビール瓶を願うと、たちどころにビール瓶が現れた。いくら飲み干してもカラにならないのに狂喜し、魔神に「あと二つの願いは何だ」と促され、「これと同じのを二本」と言った。

願い事の注意点として、複合的な願い（「やさしい美人妻をもつイケメン大富豪になりたい」といった複数の願いを含むもの）や「願い事を百個許してほしい」とか「魔神になりたい」などは禁止とする。他に注意すべきことがある。

★魔神に「三つの願いをかなえてやる」と言われ、とっさに願いが出てこず、あわてて「ち、ちょっと待ってください」と言うと、魔神が「よし待ってやる。これで一つ目の願いごとは終わった」と言った。

「えっ、もう一つ終わったんですか？」

「そうだ、お前、相当なバカだな、キャーッハッハッハ、アーハッハッハ」

「ちょっと、笑い物にするのはやめてくれませんか」

「よし、笑わない。これで二つ目の願いはかなえた」

「えっ、ひ、ひどい！」

「まだ決まらないか？　遅いな。あと三十秒！　30、29、28、27……」

「えーっ！　時間制限があるとは聞いてないよ。ち、ちょっと待って！　おかしいだろう」

「たんにカウントダウンしただけだ。制限時間とは一言も言っていない。いま待ってくれと言ったな。これで願い事は全部終了だ」

　こうならないよう、くれぐれも「待ってくれ」と言ってはならない（現実にも「待ってくれ」が通用する場面はほとんどない）。

　わたしの願い事を想像してみた。最初に「周囲の人間に尊敬してもらいたい」と願うと、妻も店員も犬も畏敬の余り半径一メートル以内に入って来なくなった。孤独に耐えきれず、「尊敬心をもつだけでいい」と願うと、周囲はこれまで通り遠慮のない命令を、敬語で下すようになった。

　そこで「まわりの人間がわたしの言いなりになるようにしてほしい」と言うと、議論でもゲームでも簡単に勝つようになった。これでは手加減してもらっているのと同じで面白くない。しかも犬も猫も店員も妻も、忠実に命令を実行するが、実行し終わると、わたしが命令するまで何もしないでじっと命令を待っている。これでは生物ではなくロボットだ。まわりが以前のわがままな人間に戻ってほしいと心から願った。

魅の章

熱が出て分かった

体温の困ったところは、熱が出て死にそうに苦しくて測ってみると三十六度三分しかないことだ。それを繰り返したため、「すぐ仮病を使う」という評価が妻の中で定着した。偶然にも当たっているため、反論できないまま泣き寝入りしている。もしわたしがチョコレートだったら、三十六度もあれば溶けてしまうと妻は本気で心配するだろう。

先日は違った。突然、三十八度を超す熱が出て十日間続いたのだ。こんな高熱は数十年ぶりだ。鼻水も咳も出ず、喉も痛くないし、インフルエンザの予防接種も受けたが、こんなに高熱が急に出るのはインフルエンザしかない。そう思って近所の病院で受診したところ、インフルエンザの検査は陰性だった。ただ、血液検査で炎症反応が見られるので抗生物質を処方してくれた。

翌日になると悪寒が走り、熱は三十九度を超えた。この調子で熱が上がると何日後かには、身体の水分が蒸発して（干からびているから水分量はタカが知れている）ローストになる。脂肪は多いから唐揚げになるかもしれない。最低でも半熟か生煮えになるだろう。

その後数日間、熱は下がらず、再びインフルエンザの検査を受けたが、やはり陰性だった。抗生物質も効果がない。大病院でCT検査、血液検査、尿検査など、あらゆる検査をしても、原因は見つからず、高熱以外には異常がない。

だが熱が出て十日後、体温が六度台にまで下がり、血液の炎症反応もなくなった。

結局、何が原因だったのだろうか。病院の診断では、一過性のウイルス感染だろうとのことだった。いまになって思えば、デング熱（非蚊媒介性）だったかもしれないし、エボラ出血熱（非エボラ出血性）だったのかもしれない。いずれにしてもウイルス（非ウイルス性）感染か、でなくても最終的には不明熱ということが判明したと言える。

高熱で色々分かった。
①「平穏死」はわたしには無理だ。こういう苦しい状態で病院にも行かず、在宅で平穏な死を迎えるなど、不可能だ。考えてみれば、ふだんでも平穏な気持ちになったことはないのだ。当然ながら、わたしの理想とする「眠るような死」も無理だ。熱があればロクに眠れもしない（ふだんでも「死んだように眠る」ことは皆無だ）。まして辞世の句を詠んだり、「すべてを許す」と言って死を迎えることは不可能だ。もう一度、理想の死に方を練り直す必要がある。

②以前は苦しいことが来るなら同時に来てくれた方がいいと思っていた。歯痛と頭痛と失恋が避けられないのなら、別々に訪れるより一緒に来てくれる方がいい。だが、高熱が出ているのに、締め切り日になっても書くことが出てこない苦しみを味わうと、苦しみは倍以上になることが分かった。一つの苦しみに対応するだけで限度一杯なのだ。
③あれだけの高熱がなぜ治るのか奇跡のようだ。電気製品と違って、身体には自己修復力がある。それほどの能力があるのなら、もっと初期のうちに何とかならなかったのかと思う。
④うれしい副産物と残念な副産物があった。うれしいのは体重が減ったことだ。残念なのは減ったのが一キロだけだということだ。
⑤妻の人間性についても、うれしいことと残念なことがあった。うれしかったのは、「熱が出た」と言っても鼻で笑っていた妻もこれだけの高熱だとさすがに心配したことだ。わたしを心配する能力はあるのだ。残念だったのは、わたしへの不信感が根強いことだ。最初「八度三分ある」と告げたとき、妻は「いつまでも脇の下に入れているからよ」と相手にしてくれなかった。

なぜ衰えるのか

十日間ほど高熱で寝たきりになった影響は大きかった。十日ぶりに風呂に入ると、それだけでとても疲れる。頭を洗っただけで、富士山頂の五メートル下から登頂するぐらい疲れた。風呂から上がると、まるでマラソンを最初の五分間走ったような気がした。大げさすぎると思うかもしれないが、わたし自身だって大げさだと思っているのだ。

翌日、駅の階段を上ると、明らかに脚力が衰えているのが分かる（幸か不幸か、筋力の衰えを感じる能力は衰えていない）。こんな脚力では階段を五段おきに駆け上がるのも、百メートルを九秒で走るのも無理だ。

わずか十日間でこれだけ衰えるのだ。身体の機能は使わないでいると失われてしまう。なぜだろうか。

機械も使わないと、錆びつくし、部屋も使わなければ汚れてしまう（使っても汚れる）。たとえ劣化しなくても時代遅れになる。処分すると、しばらくして希少価値が出て高値がついたりする。使わないでいるとロクなことにならない。だが人間は違う。それら事物と違って売り物になるときがない。

むしろ不要な物は切り捨てるという人体の戦略で衰えるのではなかろうか。生まれたばかりの幼児は多くの能力をもっているが、成長するにつれて使わない能力を惜しげもなく捨てていくという。この仕組みが年を取っても続いているのではなかろうか。

どんな能力も使わないと「もう要らないんだね」と判断されて容赦なく切り捨てられる。働きの悪い部署をすぐに切り捨てる非情な企業と同じだ。

実際、長期間しゃべらないでいると、口が回らなくなる（逆にしゃべってばかりいると黙っている能力が失われるはずだ）。過去のことを思い出せないままにしておくと思い出す能力が失われる（忘れる能力もほしいから、ときどき忘れることも必要だ）。使わない機能は、「必要かと思って用意したのに要らないの？　要らないなら削除するね」と簡単に削除されてしまう。万一死んですべての機能を使わなくなると、機能が全部削除されてしまうから、死ぬのは考えた方がいい。

最近のように記憶、漢字変換、計算などを電子機器にまかせていると、元の能力はやがて失われるはずだ（「機械まかせにしているから最近、漢字が書けなくなった」と嘆く人は多いが、そういう人はたいてい前から書けなかった人だから参考にならない）。

どんな能力を失い、どんな能力を残すかは簡単ではない。親は子どもが生まれると、歩く能力としゃべる能力を伸ばすが、一年後になると、親は「このままでは静かに座っていることができなくなるのではないか」と不安になり、しゃべらないでいる能力とじっと座っている能力を伸ばすことに力を注ぐ。こうしてどっちつかずの人間ができてしまう。

中高年までは心身ともに無駄な動きばかりだから、機能が失われることはない（賢明な行動をする能力だけはいつまでも身につかない。どんな行動が賢明なのか分からないまま過ごしているうちに人生のどこかで削除されたのだろう）。さらに年をとると無駄だらけの動きはしなくなり、歩いていてスキップするのも年に数回になる。こうして次々に無駄をそぎ落としていくと、最終的には生きるのに必要な動作もできなくなる。

能力を失いたくなければ、無駄な機能でも、使い道がなくても、使い続けるしかない。人間には無駄がないと生きていられない。

いまも貧乏ゆすりをしていてコーヒーを身体の前面にこぼしてしまい、妻ににらまれているところだ。ときどきこうやって動悸を起こさないと心臓の機能が失われるから、故意にミスをしているのである。

自分への褒美

思い通りに人を動かすのは難しい。不可能にさえ思えるが、現実には重労働を強い、戦場に送り込み、手のつけられない子どもを教育している。方法は単純だ。アメかムチを使えばいい。ただし女は結婚するとアメでもムチでも思い通りに動かすのは不可能になる。では女はどうやって自分を動かしているのだろうか。答えは簡単だ。自分で自分にアメを与えているのだ。

女が何をしても注意する者はいないのだから、恐れる物は何一つない。だが怖い者が一人いる。自分である。そこで、高価な物を買ったり贅沢な食事をするのは、がんばった自分への褒美だと自分に言い聞かせる。そうしないとただの無駄遣いになり、自分を許せないのだ。褒美をもらうには世紀の大発見など必要ない。たんに、スポーツジムで一時間風呂に入ったという程度でケーキセットを食べる褒美になる。ケーキを我慢したら、その褒美として夕食の焼き肉定食を大盛りにする。さらに「きょうは食べ過ぎなかった」「体重増加を一週間で一キロ以内に抑えた」「体重がまだ百キロ以下だ」など、褒美を出す理由は無数にある。

それほど甘い基準で褒美を出すなら、なぜ男に褒美を出さないのか。そもそも自分をホメるのが好きなくせに、男を叱ることを好むのはなぜなのか。褒美を与えることが好きなくせに、男には罰しか与えないのはなぜなのか。問い詰めるつもりは毛頭ないが、いちおう問題提起だけしておく。

ことあるごとに自分をホメるという女のやり方は賢い。
①罪悪感を抱くことがない。おかげで、夫がふだん買っているのより二十円高いトイレットペーパーを買ってきたら怒るのに、演歌歌手のディナーショーに二万円出すことができる。
②反省する必要がない。行動を改める必要もない。
③褒美を出す理由は無数にあるから、好きな物を買い、好きな物を食べられる。逆に、どんなに強固な理由があっても、やりたくないことはしなければよい。
④万一「贅沢だ」と責められても、考えておいた理由を挙げて「一週間もケーキセットを我慢した」などと即座に言い訳できる。
わたしは女とは逆だ。褒美に釣られるような卑しいことはわたしのプライドが許さない。罪悪感から逃げず、正面から向き合う。むしろわたしの行動を導いているのは罪悪感だと言ってもよい。原稿の締め切り日が迫り、罪の意識にさいなまれて

初めて仕事に着手することができる。

当然、自分をホメることはない。わずかに、妻の厳しい追及に耐えて最後まで口を割らなかったときと、おろしたての純白のスニーカーに美人ウエイトレスが誤ってソースをこぼしたのを見て「いいんですよ」と笑顔で応じ、動揺を見せなかったときだけだ。

わたしを動かすのはアメではなくムチだ（それが分かっているからどの女もわたしに厳しくあたるのか？）。わたしのやり方にもメリットがある。

①自分を甘やかさないですむ。自分に厳しいわたしにぴったりだ。

②いつも厳しく反省していると言っても過言ではない。反省さえすればどんな失敗をしてもかまわないことに気づくようになる。

③片時も罪悪感と悔悟を絶やさない。罪悪感と悔悟の念を抱きさえすれば何をしてもいいから便利だ。

④言い訳を用意していないから深い罪悪感にまみれることになる。そのとき初めて「善人なおもて往生を遂ぐ。いわんや悪人をや」（親鸞）、「悔い改めよ」（キリスト）、「甘い物ばかり食べていると虫歯になる。塩辛い物を食べていれば高血圧になる。何を食べても身体に悪い」（ツチヤ師）の境地に至る。

健康になりたがらない男

男は健康になりたいのだろうか。

多くの男は、若いころから不健康な生活を続け、健康を志すのは大きい病気をした直後だけだ。

健康に無関心ならまだいい。現在の日本は国民全体が健康オタクになっており、テレビは連日警鐘を鳴らし、隠れ脳梗塞があるのではないか、血液がドロドロになって血管がつまりかけているのではないか、認知症になりかけているのではないかといった不安をかき立てるから、信念のない男（男はみんなそうだ）が無関心でいられるはずがない。

ただ男は、次々に紹介される医学情報（そのいくつかは医学常識を覆すものだ）、連日紹介される健康にいい食材や一分間体操の洪水に対応できず、「自分だけが病気への道を歩んでいる」と考え、効能も忘れているサプリメントを何粒か飲むだけだ。スポーツジムに入会しても三日坊主だ。

自治体が医療費削減のために高齢者向け健康プログラムへの参加を呼びかけても、

集まるのは女ばかりだ。まれに男が来ても五十年も長続きする男は皆無だ。

健康になりたいのか、なりたくないのか。男の本音はこうだ。

男のことが簡単に分かってたまるか。自分だって分からないのだ。いいと思ったら何にでも飛びつく女とは違う。家でゴロゴロしているのを見て、怠け者の引きこもりだと思っているだろうが、男は何も分からないまま、無鉄砲に生きているのだ。無鉄砲に見えないかもしれないが。

第一、外出するにも行くところがない。図書館の新聞コーナーは同じ境遇の男でいっぱいだ。中高年男にとって中高年男ほど嫌いなものはない。禁煙などの図書館の禁止事項に「男は四十以上歳をとってはいけない」を加えてほしいと思うほどだ。子どもの姿をながめたいと思って公園に行けば不審者扱いされるから行くところがない。

女は健康教室やヨガに行く。女は夫以外の先生から学ぶことが好きだからいい。だが男は、男から学ぶのが嫌いな上に、団体行動が嫌いだから教室は無理だ。

スポーツジムも長続きしないが、考えてもらいたい。エアロバイクを二十分こいで「バナナ一本分」と表示されて、むなしくならないだろうか。それならバナナを一本我慢したつもりになってエアロバイクをやめてもいいはずだ。カツカレーを我慢したつもりになれば五時間こいだつもりになれる。

だいたい、運動を食べ物に換算するのがよくない。換算不可能にすればバイクで一応の達成感を抱きつつバナナを心置きなく何本でも食べることができるのだ。運動は運動にのみ換算されるべきだ。エアロバイクを二十分こいだときの表示は変えるべきだ。たとえば「哲学書を二十ページ読んだ（途中二時間の昼寝、およびその間の歯ぎしり八十回を含む）運動量に相当する」、「カツ丼を五杯食べたときの咀嚼・消化・吸収に要する運動量に相当」、「巨人が逆転負けをした試合を最後まで五試合見た運動量に相当（貧乏ゆすりとポテトチップスを食べるのに要する運動量を含む）」、「エアロバイクを十分間、二回こいだ運動量に相当」など。

男を健康にさせたいなら、自治体はいっそ仕事をあてがう方がいい。草むしり、引っ越しの手伝い、植林、犬の散歩係、子どもの遊び相手、できはしないが女子バレー部のコーチの方がまだ長続きする。

周囲や社会が何より恐れるのは、寝たきりになってからなかなか死なないことだ。わたしの希望は、しびれを切らした妻に絞め殺される前に、心筋梗塞あたりであっさり死ぬよう、ぜいたくな高コレステロール食を取り続けることだ。

なぜ実行できないか

われわれの抱いている願望の多くは、実現しない。

実際、大富豪になりたい、ノーベル賞級の科学者になりたい、ベストセラー作家になりたい、大人物になりたいなどの願望が実現できないのは当然である。実現する方法も分からないからだ。方法といっても「違う親の子に生まれ変わる」といった方法などは話にならない。生まれ変わる方法が何より分からない。

方法が分かっても、毎日千回腕立て伏せをする、毎日五時間不動の姿勢を保つ、妻の小言に十回に一回口答えするなどの方法は、常人には実行困難である。

以上の場合なら、願望が実現しないのもうなずける。だが簡単なことなのに実行できないことがある。健康のために毎日三分間体操する、摂取カロリーを減らす、歩く時間を少し増やす、妻の顔色をうかがうのをやめる、などなら、かなり簡単に実行できる。

だがその簡単に実行できることが実行できない。一時的に実行しても何年も続かない。明瞭な願望を抱き、それを実現するのも簡単なはずなのに、なぜ実行できないのか。

プラトンによれば、それは知識が不足しているからだ。実行できない人は、何が自分のトクになるかをちゃんと分かっていない。たとえば一万円札と千円札のどちらか一方をやると言われて、千円札を選ぶ人がいたら、その人はどちらがトクかがちゃんと分かっていないのだ。

だれでも自分の利益を図ろうとする。だから当然、自分のトクになる行動を迷わず選ぶはずである。それができないのは何がトクになるかがちゃんと分かっていないからだ。こうプラトンは考えた。

だがこの考えには疑問の入る余地がある。

①多くの場合、一万円札と千円札の場合と違って、不確定な要素が入り込んでくる。「タバコを吸えば数時間で確実に死ぬ」と分かっていたら、どんなにタバコがおいしくても、タバコを吸う人はいないだろうが、実際にはタバコを吸っても病気になるとはかぎらない。高カロリー食をとっても太るとはかぎらない（消化不良、やせの大食い、重病人など）。たとえ太っても病気になるとはかぎらず、太っても異性にモテないとはかぎらず、モテなくても不幸になるとはかぎらず、不幸になるとしても今すぐではないし、不幸になる前に死ぬかもしれない。

危険は不確実な上に、差し迫ったものではない。タバコや高カロリー食の快感は確実で今すぐ味わえる。いくら正確にリスクの確率が「ちゃんと分かって」いても、何がトクかは簡単に分からない。何しろ、われわれは９９・９９９９パーセント当たらない宝くじを買っているのだ。

②ダイエットでも禁煙でも体操でも何日か続け、当初の情熱がさめてくると、「目標が実現してどうなるのか。それが人生にどんな意味をもたらすのか」という疑念がわいてくる。何の意味があるのか分からない物を手に入れるために苦しい思いをするのがむなしく思えてくる。

万一、自分のトクになることを全部実行し、体力でも知力でも健康でも伸びる余地がないということになったら、そこに現れる正味の自分はロクなものではない、とわれわれは謙虚にも薄々気づいている。自分は愚かだとはっきりさせるよりは、愚かかもしれないという疑念にとどめておく方がトクだと思える。

こうして、何がトクかは簡単に分からないものだとタカをくくって安易な習慣を続け、痛い目（大学受験に失敗する、大病を患うなど）にあって初めて目が覚め、自分がどこかで間違えていたことに気づく。手遅れになって初めて自分の愚かさを痛感するのである。そしてほとぼりがさめると愚行を最初から繰り返す。

歩行日記

○月×日　歩き方がこんなに難しいとは思わなかった。しばらく前、ネコのような歩き方を真似たら、ニワトリの歩き方になった。ネコの真似はもうやめる。健康状態は改善しないし、見た目に問題がある。ニワトリはおいしいが、歩く姿は優雅とは言いにくい。道行く人の反応はさまざまだ。大人はすぐに目をそらすが、子どもは遠慮なくまじまじと見る。珍しがっているのか？　憧れているのか？　母親に抱かれた赤ん坊もじっと見た。歩き方を研究しているのか？　わたしの気品に打たれたのか？　ある犬は怪訝な顔をした。犬にそんな顔つきができるとは知らなかった。

○月×日　今日から、ヨボヨボ歩きを開始した。腰の曲がった高齢者のように腰と背を曲げて歩くのだ。体幹に負荷がかかって鍛えられるような気がする。

実際、この歩き方をするとすぐに体幹が疲れる。だから腰の曲がった高齢者は相当鍛えられているのではないだろうか（鍛えているのなら背筋を伸ばすこともできそうなものだ）。

今後、ヨボヨボ歩きの紳士を見かけたら、それはわたしだ。「ヨボヨボ歩きの紳士」は形容矛盾だと言われた。いまに紳士の概念を変えてやる。

今日、ヨボヨボ歩きでデパート中を見て回り、ヘトヘトに疲れたが、駅に着いてもエスカレーターは使わず、階段をヨボヨボ上っていると、同じ歩き方をする杖をついた八十代の高齢女性に追い抜かれた。

○月×日　人類は二足歩行になって多くを失った。失ったものの中で大きいのは四足歩行である。そのため転びやすくなり、胃下垂や腰痛になりやすく、腹部を殴られやすくなった。

腰を曲げた歩き方は現生人類に至る進化の過程の中では最終形ではないが、最終形が最善とはかぎらない。アリストテレスも言ったが、人生のピークが死に際に来るのではないのと同じく、ピークは最後に来るとはかぎらない（この先、さらに進化して一足歩行になったらさぞ不便だろう）。事実、前屈歩行にしてから転ばなくなった。半分転んでいるような姿勢だからだろうか。それともまだ数日しかたっていないからだろうか。

○月×日　知り合いに「そんな努力をしなくても、すぐにそういう歩き方になるよ」と言われたが、これで健康になればヨボヨボ歩きしなくなる可能性もある。

少し前、スマホに歩数計のアプリを入れた。
このアプリはよくできていて、膝の上に載せて貧乏ゆすりしてもカウントしない。

たぶん犬につけても反応しないだろう。歩数を上げるには、馬やサイに装着するか、アプリに反応するロボットを作るか、最終的にはもっと反応しやすいアプリに入れ替えればいい。

この一週間の計測結果は、一日平均約五千歩だった。内訳は、一日一万歩が三日間、残りの四日間の合計が五千歩だ。

一日何歩がいいのか。国が示した成人男性の目標値は一日九千二百歩だ。だが、それが長寿につながるかどうか疑問である。一日中座りっぱなしで長生きしている職人もいるし、テレビで見た百歳を超えた老人など、一日何千歩も歩いているようには見えなかった。

一日五千歩なら十分ではないか。脚の長さがわたしの半分の人なら一万歩になるだろう。健康になっているはずだが、今朝から喉が痛くて鼻水が止まらない。

○月×日　歩き方を変えた。直立状態から上半身をまっすぐしたまま前に三十度ほど傾けて歩くようにした。こうすると大腰筋だか腸腰筋だか大腸菌だかが鍛えられている実感がある。もしかしたらこれは腰を痛めている実感なのかもしれない。どっちなのか結果が出るのが楽しみだ。

想像の中の野球

プロ野球中継をよく見るが、たいてい失望する。ひいきの球団が負け続けると、ふがいなく見えて仕方がない（わたしもふがいないが棚に上げている）。ふがいなく見えるのも無理はない。どんな好打者でも打率は三割ほどだから、十回に七回は期待を裏切られる。これだけ期待を裏切られたら、ふつうは見放すところだが、ファンは絶対に見捨てない。男女関係で男が一度でも期待を裏切ったら見捨てる女も、野球選手や球団には何度裏切られても見捨てない。

失望が多いのに野球に惹かれる理由は、「台本のないドラマ」と言われるような劇的な試合がたまにあるからだ。だがそういう試合は一年に一度か二度しかない。それならドラマを見ればよさそうに思える。ドラマなら劇的な試合など作り放題だ。ドラマでは現実味がないと言うなら、ドラマの中に現実の選手を登場させチームの歴史などを作り込めばいい。

現実とフィクションの違いはわずかだ。映画なら、実話かフィクションかの違いは「この映画は事実に基づいています」と書かれているかどうかの違いだ（その文言もフィクションかもしれないが)。現実の爆撃はいまやテレビゲームそっくりだが、爆撃手にとって、現実とゲームの違いは、実際に被害が生じていると思うかどうかだけだ。同様に、現実の野球とドラマの野球の違いは、現実の出来事だと思うかどうかの違いだけだ。それならドラマを現実だと思い込んで見ればもっと楽しめる(思い込みなら得意なはずだ)。

現実だと思い込む必要すらない。現に、ドラマをフィクションだと思って見ていても、手に汗握るではないか。現実の話かどうかは、面白さにはあまり関係ない。むしろ、面白いドキュメンタリーなどは現実の中から面白い事実だけを抜き出すのだから、「現実だから面白い」のではなく「面白い現実だから面白い」のだ。

事実、日々送っている実生活は紛れもなく現実だが面白くない。フィクションとしても面白くない。主人公のわたしに不利なことばかり起こり、実力もないのにがんばる気持ちがかけらもなく、家庭に不満があるくせにガツンと妻に言う根性もなく泣き寝入りの生活を送っている男のドラマを見ても、歯がゆくてイライラするだけだ。こんなドラマをだれが見るだろうか。いままでに見たどんなつまらないドラマよりつまらないドラマをわれわれは生きているのである。

だからこそ、せめて野球は面白くあってほしいのだ。野球中継を見てイライラするなら、いっそ自分の頭の中でドラマを作った方がいい。たとえばこうだ。

不振の球団に驚異の新人が入団する。百七十キロの速球と百六十キロのスライダーと二百キロ出せるバイクと百八十キロの巨体をもつ投手だ。野球とは無縁の木こりだったことから「野人」の異名をとる。制球力がなく、最初の登板で打者のすねにボールを当て、プロテクター越しに粉砕骨折させたため、打者は恐がり、投球と同時に全速力で逃げて地面に伏せるようになり、四球の数によって勝敗が決まる試合が続いた。だが翌年、ライバルチームに、正確にボールを来た方向に打ち返す打者が入団し、打ち返した球が野人に当たって以来、野人が投球恐怖症になって引退する。十年後、療養を終え、制球力を身につけた野人が復帰し、連続で完全試合を達成するが、ある日を境に球威が落ちてメッタ打ちにあう試合がときどき見られるようになり、八百長疑惑で捜査のメスが入る。捜査の結果、野人の子どもが誘拐され、脅されていることが分かる。そこから天才刑事と脅迫者の死闘が始まる。

先延ばしの論理と実際

自分はクズだ。内心そう思っている人は多い。わたしもそうだ。我が家にいるもう一人は自分を女王だと思っている。なぜ女王だと勘違いできるのか不思議である。さらに不思議なのは、クズ人間はもっとクズになろうとすることだ。クズ人間はすべきことを先延ばしにする。「すべきこと」と言っても自分のトクになること、タメになることだ。それが分かっていながら、なぜ先延ばしにするのか。実はそれなりの論理がある。それはこうだ。

「明日できることは今日するな。明日は何があるか分からない。地球滅亡最後の日に、仕事や自分を向上させる努力をする者はいない。明日できなくても明後日にやればいい。明後日になってもできなければ、数日かけてできないことなのだから、潔くあきらめ、前を向いて進めばいい。その結果がどうなろうと死ぬようなことはない。万一死んだら、それ以上悪いことはもう起こらない」

このように考え抜いた上で今日をサボって過ごすのだ。一見すると〈今の瞬間を生きる〉刹那的態度に見えるが、そんなものではない。その証拠に、クズ人間も将来のために貯金し、歯を磨き、予防接種を受け、完成に何年もかかる道路や橋などの建設に賛成し、前売りチケットを買い、カップラーメンができるまで三分間待っている。

むしろ先延ばしの根本にあるのは、明日は不確定だという信念だ。明日、大災害が起きてすべてが破壊されれば今日仕事しても無駄だと考える。だが同時に、家具を固定するなどの防災対策も先延ばしにしているのだ。それに気づいたときは愕然とした。わたしはわれながら愚かだと薄々感じていたが、「災害が明日来るかもしれない」と想定した上で「今日は防災対策をやめよう」と結論づけるほど愚かとは知らなかった。

本当はもっと愚かである。明日、壊滅的な出来事が起こるか、何事もない日になるかだ。経験上、「大惨事が起きる」確率は圧倒的に低い。それなのにクズ人間は圧倒的に低い確率の方を想定し、「今日仕事をしても無駄になる」と考える。そのような無理な想定をして何が得られるのか。想定通り大惨事になれば自分も人一倍甚大な被害をこうむり、何事もなければ自分だけが悲惨なことになる。ちょうど、想定通りなら全員が百万円取られるが、想定が外れれば自分一人がビンタを食らうようなものだ。そんな不合理な想定をして仕事をサボっても、特別な利益が得られるわけではない。家で漫然とテレビを見て妻に叱られるだけなのだから、愚かとしか言いようがない。

愚かさはそれだけにとどまらない。書店で自分を高める名作を買っても、読むのは娯楽物ばかりで、名作を読むのは後回しだ。自分のタメになる本はすべて後回しになるのだ。それが続くとさすがに学習し、高尚な本を買わなくなる(わたしの本が売れないのもそのせいだ)。要するに自分のタメになる本は読みたくないのだ。

同様に、部屋を片付けた方がいいと思えば、部屋の片付けは後回しになる。だが、もっと自分のタメになる事が出てくれば(仕事の期限が迫るなど)、まず部屋を片付けたり、爪を切ったりする。片付けや爪切りは仕事の妨げになり、いまの自分にはタメにならないから選ぶのだ(よく「理性が欲求に負ける」とか「誘惑に負ける」と言うが、欲求とか誘惑と言っても片付けや爪切りの欲求や誘惑だ)。自分のタメになることを避けるためなら、掃除でも片付けでもメールの整理でも皿洗いでも、嬉々として何でもするのだ。

こうしてクズ人間はますますクズになる。われながら不可解だが、よりクズになりたがっているとしか思えないのである。

幸福になる五つの習慣

幸福は一朝一夕には得られない。毎日の習慣の積み重ねが不可欠だ。どんな習慣が必要か。

①読書の習慣　『成功する人の七つの習慣』『わたしはこうして六カ国語をマスターした』など啓発本、成功本を読破する。健康も蓄財も部屋の整理も、どれが欠けても幸福を妨げる可能性があるから、これらに関する本も片っ端から読む。

すでに成功している、性格が頑固だなどの理由で、自分の生き方を変えたくない人もいるだろうが、心配無用だ。本の主張は千差万別だから、今のやり方を変えなくていいとする本も見つかるはずだ。現に、糖質抜き食事法、断食、抗がん剤治療などには賛否両論あるし、結婚を続ける方法を説く本、離婚をすすめる本、友人を作る方法を説く本、友人は不要だと説く本、霊の力を説く本、否定する本もあるから、どれでも選び放題だ。

②実行する習慣　本を読破したら、実行する。ただし我慢は禁物だ。我慢すると長続きしないからだ。本に書いてあることの一割の実行を心がける。「一時間歩け」

なら六分歩き、「一日五百円を節約せよ」なら、一日五十円の節約でいい。これなら、コーラを飲むとき一本の三分の一を残して翌日に回すだけでいい。わずかこれだけ節約するだけで、百年後にはなんと百八十万円たまる計算だ。だがいくら簡単でも百年間毎日続けるのは難しい。

一年後、そうやって簡単化しても何一つ実行できないことが判明し、自分は情けない人間だ、幸福はとても無理だと思うはずだ。その自覚が重要である。

自覚したら、近刊拙著『習慣をつけるための八百の習慣』を読む。これはわたしが長年、失敗を重ねた反省から、どうすれば習慣がつくかを心理学的、脳科学的、生物学的、政治的、指数関数的角度から説いたものだ。これで万一ダメなら、近刊拙著『こんどこそ習慣をつける千三百の習慣』、続刊『決定版！　絶対確実に習慣をつける三万の習慣』を研究されたい。

③わが道を行く習慣　習慣をつけられないのは、自分に合っていないか、自然に反しているか、本当にタメになるからだ（禁煙だってできないのだ）。だがあきらめるのは早い。近刊拙著『習慣がつかなくても平気でいられる五十の習慣』を熟読されたい。

この段階までできたら、本、とくにツチヤ本を信じるなという教訓を学んだはずだ。そもそも他人のアドバイスを聞いてはいけないのだ。現に、わたしの知り合いは

「あんなやつの言うことを聞いてたまるか」とわたしの助言に耳を貸さない。どんな本を読んでも、その唯我独尊的態度を貫くのがよい。

④**極端に走らない習慣**　アリストテレスの言うように尊敬される人間の性質（徳）の特徴は中庸にある。そして中庸は習慣の産物である。極端を求めると、太りすぎるか、やせすぎるか、有名になりすぎるか、長生きしすぎるかだ。

人生はいいことばかりではない。不幸も悪いことも人生の一部だ。完璧を求めず、いま以上の幸福を求めず、現状をそのまま認め、満足する習慣が必要だ。

⑤**自分を無視する習慣**　人間は自分に関心を払いすぎている。自分の財産や自分の健康や自分の感情しか眼中にない人ばかりだ。自分のことで一喜一憂し、大騒ぎするのは見苦しいかぎりだ。大人物のように自分のことを無視して、自分の幸・不幸などどうでもよくなるぐらい自分に無関心になるのが理想だ。

こうして幸福を再定義する最終段階に至る。この段階で初めて、自分の幸福を問題にせず、求めもしない、これこそ幸福だと言い聞かせる習慣をつけることになる。

理想の人間

腹立たしいことは多いが、とくに腹立たしいのはモテる男の存在だ。モテる男は、いざというときには一番先に逃げるような、頼りなくて軽薄で未熟な男ばかりだ。その一方、頼りなさ、軽薄さ、未熟さにかけては、一歩もひけをとらないわたしがなぜモテないのか。

長年この疑問に取り組んだわたしは、ついに一つの仮説に到達した。もしかしたら、わたしは自覚こそないが徳高き人格者かもしれない（人格者だという自覚を人格者がもつだろうか）。しかるに女は人格者を敬遠する。だからわたしはモテないのだ。

女が求める男は、やさしい（自分にだけ）、誠実（浮気をしない）、心が広い（自分のすることに文句をつけない）、気前がよい（自分にだけ）など、都合のよい男だ。

昔の教え子に確かめた。

「人格者の男は嫌い？」

「人格者はイヤです。かといって先生みたいな人もイヤです」

「そんな言い方だと、まるでわたしが人格者じゃないみたいじゃないか」

「そんな言い方をすると、まるで先生が人格者みたいじゃないですか」

「分かった。わたしのことは今はいい。なぜ人格者がイヤなんだ？　嘘はつかず、正義感に富み、やさしくて、勇敢で、オドオドしていない。どこがいけないの？」

「完璧だからイヤなんです。欠点がある方がいい」

「でも女はよく、横暴だとか鈍感だとかケチだといって男を非難するよね。そんな欠点が一切ないんだよ」

「でもその分、わたしの欠点が目立ちますから」

「君が自分に欠点があると認めるとは知らなかった」

「わたしも人間です。わずかですが欠点もあります」

「人格者はその欠点も君の傲慢さも温かい慈愛の目で見守るんだよ」

「その慈愛が腹立たしいんです。そんな男といたら息がつまります。人間、悪いところもないと」

「浮気とか痴漢とか万引きとか盗撮とか？」

「そんなのは論外です。それに人格者はつき合ってつまらない男だと思います」

「人格者がつまらない男とはかぎらないよ。キリストみたいな人はあれだけ信者を集めたんだから、話が上手で、人間的にも魅力があったと思うよ」

「でも完璧な男はわずかな過ちも許せないでしょう？」

「どんな欠点や過ちにも寛大だよ。キリストなんかは人間はみんな罪人だと考えるからね」

「罪人だから許してもらってるとか、かわいそうだからやさしくされるっていうのもイヤです」

「じゃあ罪人だから罰するという男がいいの？」

「上から目線で罪人だと思われるのがイヤなんです」

「でも君はやましいことがないの？　仮病を使ったり、わたしの陰口を叩いたり」

「当然の行いです。やましいとは思いません」

「子どもはどうだ？　自分の子どもには人格者になってほしいんじゃないの？」

「思いません。人格者は自分の親にも他人にも同じように接するでしょうから」

「じゃあ自分はどうだ？　神様がどんな人間にでもしてやると言ったら、君はどんな人間になりたい？」

「絶世の美女でしょうか。改善の余地は少ないと思いますけど」

「きっとバチが当たるよ。結局、人格者になりたくないんだね。なぜそこまで人格者がイヤなんだ？」

「人格者もイヤですが、しつこく理由を聞く男はもっとイヤです」

自分は人格者にはなりたくない、子どもにもなってほしくない、人格者とは交際もしたくない。男も女も人格者を嫌っている。これだけ嫌われている人格者がなぜ「理想の人間」とされているのか。それが大きい謎として残った。

わたしは人格者の宿命を背負って、孤高の道を歩む覚悟を固めた。

人格者とは考えにくい面々

時の流れ

親戚は近くて遠い存在である。めったに会わないが、独特の親近感がある。食事には誘いやすいが、借金は頼みにくい。

親戚がそろうのは法事のときぐらいしかない。先日、四年ぶりに法事に行き、みんなさぞ老化が進んでいるだろうと思ったが、見た目はあまり変わらない。口々に、「元気そうだね」(＝病気になっていないのが意外だ、病気が隠れているのかもしれないが)、「変わらないね」(＝まだ見た目で識別できる)などと言い合う。変わったと言えば、「何か言った？　最近耳が遠くなって」という返答が返ってくるようになったことぐらいだ。

これと対照的だったのは子どもたちだ。十歳以下の子どもが四人来ており(七十歳以上のうち数人も中身は子どもだ)、初めて見る二歳の男の子もいるし、見たことのある子も見違えるほど成長していた。わたしと血がつながっているためか、みんな可愛い。

法事の中で最も厳粛で最も苦しいのはお経をあげる時間だ。ありがたくて理解できないお経を唱えながら、じっと座っていなくてはならない。あぐらをかいていても次第につらくなる。二歳の男の子が走り回っているのがうらやましかったが、隣に座っている八歳の女の子が行儀よく正座しているのを見て、大人らしく我慢する。

車に分乗して霊園に行き、全員が墓前に立つと、人の一生を幼児から死後まで並べて見ているようだ。

他の人が墓前で線香をあげるのを待っていると、わたしの前に二歳の男の子が母親に抱かれてこちらを向いている。わたしと目が合っても愛想笑いもせず、萎縮も威嚇もしない。そこが可愛い。母親の背中に回した小さい手もとても可愛い。横にわたしの手を置くと違いの大きさに時間の流れを感じる。「わたしのようなゴツゴツした手になりたくても、ここまでになるには七十年かかるんだよ」とつぶやきながら、小さい手にも指があり爪があり、関節もちゃんと動くことをいじって確かめていると、その子は露骨に迷惑そうな顔をして手を母親の背中からどけたが、母親にチクるようなことはしなかった。

仕方なく顔を観察する。シミもしわもたるみもないのに目、鼻、口はちゃんとついている。ほっぺはぷよぷよしていて、ほっぺを触ったり指で押したりするとネコの肉球のようだ。わたしは子どものころ、鏡を見るたびにほっぺの肉がついているのがみっともなく思えて、一生懸命押したり、口をすぼめて頬肉を吸い込んだものだ。大人から見るとそれがチャームポイントだとは想像もしなかった。そう思いながら二歳児のほっぺを指で押していると、その子はイヤそうな顔はしたが、ほっぺをどかすわけにはいかないので泣き寝入り状態だ。本当に泣きそうになる寸前にわたしが笑顔で機嫌をとるが、顔をそむける。ほとぼりがさめたところでまたほっぺを指で押そうとすると、食事の場所へ移動する時間になり、ほっぺいじりは泣く泣く打ち切った。

食事の間は、お坊さんを飽きさせないよう会話をする。子どもたちは大人の苦労も知らずに庭に出て楽しそうに遊んでいる。子どもたちがうらやましくて仕方がなかったが、大人らしく我慢した。なぜ大人になると楽しいことをしなくなるのか疑問が残った。

子どもたちはよっぽど楽しかったのか、帰りの車の中で、女の子が「こんどあの子たちといつ会えるの?」と聞いたので、「今日来た大人のうちのだれかが死んだときだよ」と教えた。だが死ぬのがだれなのかは大人らしく、だれも口にはしなかった。後で弟にだれを考えていたかを聞くと、わたしを見て口ごもった。

翌日、故人を偲ぶ気持ちが足りなかったことを後悔した。

ツチヤ師、冒険を語る

ツチヤ師が食堂から出るのが目撃されてしばらくすると、師のまわりに信奉者が集まった。ツチヤ師は見るからにしょんぼりなさっている。師は聖人であるが、喜怒哀楽が激しい。超然たる聖人的態度をも超越しておられるのである。並みの聖人とはわけが違う。

落ち込んだお姿にその場の空気も沈む中、中年男が「質問があります」と言った。場違いである。だが師はつねづね「空気を読まず、わが道を行け」とおっしゃっておられるので一同が大丈夫だろうと思ったとき、師が叫ばれた。

「空気を読めっ！」

ツチヤ師の言動は予測不可能であることを思い出し、一同、気を引き締める。師はおもむろに語り始めた。

「わたしは冒険しない。冒険すると必ず失敗する。食事も、食べたことのない物は敬遠し、同じ店で同じ料理を食べる。さっき食べた肉野菜炒め定食もそうだ。だがタマネギの炒め方が足りず、異常に苦かった。冒険しなくても失敗する」

しばらくして師は落ち着かれたのか、質問した中年男におっしゃった。

「質問は何か？」

男は何度も尻込みしたが、師に強く命じられて言った。

「さ、最近の若者は冒険心が足りません。家庭第一で、上司とのつき合いも断ります。われわれの若いころは無茶なことをしたものです。日本の将来が心配です」

そのとき、師は憤然として「愚か者っ！」と一喝された。これほどの剣幕をお見せになったのは、かつて崇拝者の一人が師のクッキーを誤って一枚食べたとき以来である。にわかに緊張が走る中、師は続けられた。

「若者の凶悪犯罪は最近も頻発している。若者は冒険物のゲームにはまり、遊園地でジェットコースターに乗り、上司の顔色をうかがわず、誘いを平気で蹴る。冒険しているではないか」

一気にこうおっしゃると、師の勢いに圧倒された一同を見渡された。

「だいたい、無茶をして何になる。電車の運転や飛行機の操縦で冒険してもらいたいのか。当たって砕けろと冒険する医者に手術してほしいのか。危ないかもしれないと思いながら設計をした飛行機に乗りたいか。食あたりをするかもしれないと思いながら、一か八かで出された料理を食べたいのか。冒険にはロクなことがない」

一同は自分の考えの浅はかさを悟り、質問者は恥じ入ってうなだれている。師はますます調子に乗られた。

「若いころ無茶をしていたと言うが、見知らぬ他人に金を貸せたか？　危険が分かれば貸しはしない。無茶をするのは危険を認識していないからである」

師はふと時計をごらんになって続けられた。

「帰宅までまだ十五分ある。いま帰宅すると妻が怒る。こんな危険を承知の上で結婚した者が何人いるであろうか。家庭第一主義になるのは冒険者だ。妻に口答えすれば翌日の仕事に支障が出る。家は危険地帯だ。まさにモグラ叩きである」

「モグラ叩き」より「地雷原」が適切だと思ったが、指摘する者はいない。

「見よ、おのれの姿を！　若いころ無茶をした結果、どうなったかを。昔、自分だけは死なない、四十歳以上年をとらない、と思い込んでいた者の末路を」

我が身を振り返り、一同深く反省する。

「年をとると、階段を駆け上がるのも命がけである。かといって家でじっとしていると成人病のリスクがある。毎日無数の危険にさらされている。安全策がないから冒険せざるをえないのである」

師の口調は熱を帯び、高揚されたご様子だったが、はっと我に返り「あ、油揚げを買って帰ると五分遅れる。危険を冒してしまった」とおっしゃると脱兎のごとく駆け出された。

異星人の報告

第三十七星雲土下座金美館通り宇宙管理局宛、「ンアッェ#パォ%πギュオッゥ$&¥」（発音不可能なため、近似的表記である）が発信した報告が傍受された。以下はその翻訳である。

わたしは地球人に扮して五年間滞在していますが、地球人がまだ理解できていません。彼らの行動原理の一つはプライドです。プライドを説明するのは難しいのですが、何の理由もなく自分を価値があるものと思い込むことです。自慢することもないのにドヤ顔をしているようなものだとお考え下さい。

赤ん坊でも軽んじたりバカにすると怒ります。無価値なのに価値があると思い込むため、自分は実際より利口、おとなしい、悪い、有能、美人、大人物、子どもっぽいなどと無理に思い込み、他人にも思い込ませようとします。

何のためにこう思い込むのか分かりませんが、実際には害の方が多く、男は自分が強い、太っ腹だ、勇敢だ、と思い込んでいるため、危険な仕事、汚い仕事、つらい仕事を女からあてがわれても文句を言えません。すべての人にとってプライドは実際以上に見せようとして自分の首を絞めており、苦しみの原因になっています。

男にフラれて落ち込んでいる女に「あんたは自分で思っているほど魅力がないし、能力もないよ。それを認めればラクになる」と忠告すると激怒したので、「それにあんな男、格好つけているだけの最低男だ」と言うと激しくビンタされました。自分で「あんな男、最低！」と言っていたのに不可解きわまりません。

そもそも彼らの行動が一貫しているのかどうかも疑問です。ほとんどの人は、禁煙、ダイエット、脱ギャンブルなどを決意しては断念し、一生の愛を誓って結婚しては離婚しています。わたしは一貫していなくてもいいのかと思い、「一ヶ月後に必ず返す」と言って借金しまくったところ、返済日に「返すと言ったじゃないか」と責められました。そこで人間が一貫していない事例を挙げて反論すると、数発殴られた末、マグロ船に半年間乗せられました。

地球人の一貫性の不可解さ、闇金のコワさ、マグロ船の過酷さを痛感しました。

それと関係するのが所有の概念です。彼らにとってはとても重要で、ことばもしゃべれないうちから所有欲は旺盛です。所有をめぐって戦争をはじめさまざまな争いが起こっています。事物を所有するだけでなく、夫、妻、子どもをもつ、魅力をもつ、能力をもつ、強運をもつなど、ほとんどの物が所有の対象になります。月や火星の土地も所有の対象として売買されているので、われわれの星も所有され、遠い将来、地代を取られるかもしれません。

しかも所有者と所有される物は異なるのに、「わたしは手足と内臓と脳をもち、心ももっている」などと言うのです。それなら、心や身体を所有している「わたし」はどこにいるのでしょうか。色んな人にたずねると、「お前は哲学者か」と言われ、それ以来変人扱いされています。昔、地球に派遣されたソクラテスがこの問題を提起し、最終的に死刑にされたことが思い出されました。

所有は謎です。「お金をもつ」はお金を握りしめるとか、食べ物のように消化吸収して自分の身体に同化しているという意味ではありません。それを身をもって知ったのは突然逮捕されたときです。わたしはただ、インターネットで数字を書き換えただけですが、他人が銀行に所有している高額のお金をわたしが盗んだというのです。高額だったため問答無用で刑務所に入れられ、現在服役中です。出所したら呼び戻してくださるようお願いします。

宿命の早合点

早合点は避けたい。第一、恥ずかしい。わたしの妻はアジの開きを、カレイやヒラメのような平べったい魚の一種だと長年信じていたらしい。わたしも昔、湯葉をご馳走になったとき、「これはどんな木になるんですか」と質問した。

これらは恥ずかしいが、たいして害はない。せいぜい、アジの開きの形をした魚や湯葉の木を探して一生を棒に振るぐらいだ。

だれもが軽率に早合点する。わたしはとくに軽率だと言われるが、それは誤解である。なるほど、つき合っていた彼女が弁当を作って来てくれたので料理上手だろうと思っていたら、母親に作ってもらっていたことが結婚後に判明した。株が値上がりして喜び、散財したら翌日暴落した。万事にわたって、熟慮しても簡単に決めても失敗する。だがわたしだけが特別なのではない。人類全体が早合点するのだ。

昔はほとんどの人が、いくつかの証拠を基にして地球は平らだと信じ、太陽が地球のまわりを回っていると信じ、金を化学的に合成できると信じていた。

これを愚かだと思う人は愚かである。なぜかというと早合点するのは人類の宿命だからである。われわれは限られた事例を基にして結論を引き出さなくてはならない。人の後ろ姿と正面を同時に見ることはできないから、後ろ姿だけで美人かどうかを決めなくてはならない。科学的知識を得るには、未来の事象を含め、すべての事例を網羅しなくてはならないが、手に入る事例は少数だから、それを基にして不確かな結論を下すしかない。大外れしないのが不思議なほどだ。

会話も、相手のことばを基にして考えを推測し合うから、早合点はよく起こる。

以下は極端な例である。

「今朝目が覚めて愕然としたよ」

「目が覚めたら道端で寝てたのか」

「違う。オレはお前と違って酒を飲まないんだ」

「じゃあ道端で気絶してたんだな」

「違う。ベッドの中で目が覚めて愕然としたんだ」

「奥さんが家出してたのか」

「違う」

「分かった！　奥さんが家出してなかったんだ」

「違う！」

「じゃあ奥さんが優しくなっていたんだ」

「そんなことがあったら夢の続きかと疑うよ。朝、目が覚めたら枕の横に英語単語集があった」

「そうか、泥棒が単語集を置いていったのか」

「そんな泥棒いるか？」

「サンタクロースも置いていくだろう」

「サンタクロースは泥棒じゃないよ。不法侵入罪は犯すが。話を続けると、なぜ単語集があるのか思い出すのに五分かかった」

「なんだ、分かったのか。謎が謎を呼ぶのかと思ったよ。がっかりだ」

「前の日、単語力を上げるために、毎日寝る前に単語を十個覚え、目を覚ましてから思い出すようにしようと決心して、枕元に単語集を置いたんだ」

「ところが置いた位置と数センチずれてたんだな」

「違う」

「数十メートルか？」

「違うっ！　単語集を開きもせずに寝ていたんだ」

「えっ、睡眠薬を盛られたのか」

「だれが何のために睡眠薬を盛るんだ？　とにかくショックだったのは、単語を覚えようと決心したことも忘れていたんだ」

「決心を忘れる代わりに単語の一つでも覚えておけばよかったんじゃないか？」

「お前、バカか。〈忘れる代わりに〉何ができるんだ？　とにかく反省した」

「お前、ずいぶん悪い事をしてきたからな。反省しようと思ったら一日じゃ足りないだろう？」

「そんなことじゃない。何を決心したかを毎晩寝る前に復唱しなきゃって。それにしてもお前早とちりしすぎるぞ」

「一を聞いて十を知るタイプなんだ」

望まれる新機能

近年の通信手段の発達には目を見張るものがある。おかげで、広告とデータ流出は目を見張るほど増えたが、肝心の通信内容は、人類が通信手段にノロシを使っていたころと目を見張るほど変わっていない。

たしかに若者はラインなどSNSを十二分に使っており（あるいはラインなどSNSに使われており）、喫茶店に行ったカップルが一言も言わず、ラインで会話しているのをよく見かけるが、その中身はたぶん空疎である。たとえば、

「昨夜、何してた？」

「君とラインしてたろ？」

「その後どうしたの？」

「寝た。君は？」

「わたしも。わたしたち何もかも一緒ね♡」

この若者の現状を見かねて、面と向かって会話するよう促す識者もいる。だが直接会って話せば何とかなるのだろうか。

実際に面と向かって男女が会話する場合、その目的は九割がた、男は自慢するため、女は共感を得るためだ。男は自分の価値をアピールし、女は同調者（イエスマンあるいは子分）を求める（女が男に求める「頼りになる誠実な器の大きい男」は家庭を守り、言うなりになって奴隷のように働く忠実な男だ）のだ。

現実の会話では相手の話を聞くことは少ない。聞いても中身がないからだ。とくに中身がないのは相手の話だ。だから会話といっても実際には一方的に話すだけだ。ちょうどカラオケで、相手が歌っている間は相手の歌に関心を払わず、順番を待ちながら曲の番号を調べているのと同じく、会話では相手の長い話（相手の話は常に長い）を聞かず、話し終えるのをひたすら待っているだけだ。

だから会話は、相手の話をさえぎって自分の話に引き込もうとする争いになる。

男「若いころはワルだった。トラブルのケンと呼ばれてさ、少年院に入らなかったのが不思議だよ」

女「少年院と言えば、美容院で明日髪を染めたいんだけど、どう思う？」

男「中学のときの友人の兄貴がプロ野球選手でさぁ、金髪だよ。サインももってる。まだ二軍だけど」

女「そう言えば二時から靴のバーゲンが始まる！」

かつてプラトンは対話こそ真理を認識する道だと説いたが、会話によって得られる真実は、「人間の会話は空疎だ」ということではないかと思うほどだ。

こんな意味のない会話を避けるには電子的通信の方が好都合だ。ただ、これまで通信に値する物をもっていないのに通信手段だけを開発してきたため、本当に必要な機能が欠けている。今後、人間が成熟して有意義な会話をするまでの五千年間は、通信手段に最低次の機能が必要になる。

①**選別機能**　必要かつ好都合な連絡以外、電池切れのフリをして遮断する機能。

②**紛失機能**　郵便物のようにたまにどこかで紛失して届かないという機能。これによって返事をしなくても、届かなかったと言い訳ができる。

③**要約機能**　要領を得ない話の要点を抽出する機能。これにより一時間の会話が三秒以下ですむ。百倍速早送り機能でも代替できる（聞きとれないだろうが）。

④**自動応答機能**　通常のメールや電話には適当に自動で応答する。人間が自分で応答するのも適当だから内容は大して変わらない。

⑤**新しい留守電応答メッセージ**　留守電には金の請求や仕事の催促などロクな用件が入っていない。そこで留守電の応答を改善し、「ピーという音に続けて用件をお入れ下さい。ピー音は一時間後に出ます。用件は一秒間入れられます」とするか、「ピー音に続いて用件をお入れ下さい」の後のピー音を「ブー、ピ、ブ、ピブピ、ピピブピ、ブピー（最後の〈ピー〉が大音量で三十分続く）」にする。

魍の章

サクランボの過去と未来

スーパーで今年初めての国産サクランボを買った。サクランボ色のプラスチックボールのような鮮やかな色、甘さも香りも上品で、中高年の男は食べてはいけないような上品さだ。

翌日スーパーに百円安いサクランボが並んだ。買ってみると、味は甘いが、真っ赤なプラスチックボールが色褪せたような色だ。口に入れれば色は気にならないが問題は香りだ。前日のものとは比較にならないほど香りが薄い。香りだけで、おいしさは格段の違いになる。だが、香りだけで百円も高くしていいのか。うなぎ屋のうなぎの匂いは無料でかぎ放題なのだ。

だが思い直した。われわれはわずかな違いに高い金を払っている。同じ料理でも、高級レストランの雰囲気に高い金を払い、わずかな音色の違いで高価な楽器やオーディオを買い、精密な科学検査でしか違いが分からない絵も、描いたのがダ・ヴィンチなら何百億円も高い値がつき、たんなる切手が他に同じ物がないというだけで何億円もの価格になり、同じ家でも建っている場所次第で取引価格は高騰する。

このように人間はわずかな違いにも多額の金を払う。香りの違いで百円の違いが出るのは当然なのだ。事実、香りの違いだけでコーヒーの値段は何百円も違い、ワインは何万円も違う。われわれは香りに金を払うのだ。香水などは、何億円もする(ドラム缶一本で)。いずれうなぎ屋の匂いも金を取ることになるだろう。

違いの中でも匂いはとくに影響が大きい。かりに中トロの刺身の匂いがネコの匂いなら、どんなにネコ好きでも食べる気がしないだろう。新築の家が牛丼の匂いなら、どんなに牛丼好きでも住む気がしないだろう。

太古、いまより鋭い嗅覚をもった人類は樹上で暮らし、食べ放題の完熟サクランボを現代人より格段においしく食べていただろう。だが実際には鳥類、サル、クマ、リス、鹿など人間より敏捷な動物が熟す前に食べてしまうから、どうしても食べたければ、花のうちに食べるしかない。引っ込み思案のわたしなど、サルが地面に食べ捨てたサクランボの種をしゃぶっていただろう。

そういう苦しい時代を経て、いまは金を払えばいくらでも食べられる夢の時代を迎えている。未来になれば、品種改良が進み、もっとおいしい完熟サクランボが食べ放題になり、ダイエットがさらに失敗しやすくなるだろう。

だがさらに進歩が加速すると、ヴァーチャルな文明が到来するかもしれない。脳に直接信号を送って、あらゆる感覚を人工的に引き起こす装置が開発される可能性もある。そうなれば、居ながらにして自家用ジェットや何億円もするクルーザーで世界中を旅行し、天使のような妻をめとり、牛丼は特盛りで卵をつけ、たこ焼きにはもれなく大きいタコが入っていて、味も香りも満腹感も得られる世界、サクランボも、カロリーや代金の心配なしに好きなだけ食べられる世界が経験できるようになる。

だが人間は複雑だ。何でも思い通りになる世界にはいずれ飽きが来る。やがて、われわれがいま経験しているような、思い通りにならない世界の方が面白いと考えるようになり、その世界をヴァーチャルに作り出す装置が開発されると、悪妻に苦しみ、香りのいいサクランボは百円よけいに金を払わなくてはいけない世界を経験することもできるようになるかもしれない。

もしかしたらわれわれがいま経験している世界はそのヴァーチャルな世界かもしれない。その証拠に、結婚生活は苦しく、香りのいいサクランボは百円高い。思い通りにならなくても、自分で作った世界だと思えば少々の苦難は耐えられる。唯一の問題は、リセットボタンがどこにあるのかが分からないことだ。

小ツチヤ現る

ツチヤ師は一部に熱烈な崇拝者をもつ聖人である。それに目をつけ、不遜にも「あれぐらいのことを言うのは簡単だ」と考える者が現れた。自分がツチヤ師の真似をしているとは認めないが、「あんた誰だ?」と聞かれて「ツチヤや」と答えたため、「えせツチヤ」「小ツチヤ」と呼ばれ、軽蔑の対象になっている。

この男は一見ツチヤ師に似たことを言うが深みが大きく違う。「賢い」と「小賢しい」ぐらい違う。

この小ツチヤがツチヤ師気取りで公園で缶コーヒーを自分で買って飲んでいた。かつて、そばにいる者に「コーヒー買ってこいや」と言って総スカンを食い、「買ってきてくれはりまへんやろか」と丁寧な言い方に改めたが、冷たい視線を浴びただけだったため、自分で買っているらしい。

ツチヤ師との差別化を図るためか、怪しげな関西弁を使うが、エセ関西弁を使う者を関西人も関東人も軽蔑することを知らない。

小ツチヤの化けの皮をはがそうと、ツチヤ師の信奉者の一人が質問をぶつけた。

「先生、なぜ人を殺してはいけないんですか？」

噂通り、「先生」と呼ばれると急に調子に乗り、教え諭す口調になる。

「人を殺してはあかんのか。それなら死刑がなぜ許されるんや。なぜ戦争で殺せと命じるんや。殺してはあかんという前提が間違っとるやないか。〈なぜ殺してはあかんのか〉と問うのは、〈なぜ地球は平らなのか〉と問うようなものや」

「それならなぜ法律で殺人を禁じてるんですか？」

「それが聞きたかったんかいな。それやったら答えは、〈自分にしてほしいことを人にせよ〉という原則が社会の基本ルールやからや」

「黄金律ですね。ただそれには問題が……」

「分かっとるがな。自分にしてほしいことを人にしろと言われたら、納豆好きな者は納豆嫌いな人に納豆を食べさせろということになってしまうんや。好みは人それぞれやからな。そやから黄金律を修正することもある。〈人がしてほしいことをせよ〉と……」

「プラチナ律でしょう？」

「よう知っとるやないか。その他にも……」

「〈自分がしてほしくないことを人にするな〉という銀律でしょう？」

「そ、そうや。殺人の場合は、黄金でもプラチナでも銀でも同じや。自分が殺されたくないんやったら人を殺すな、ちゅうことになるんや。どや？」

「黄金律そのものは正しいんですか？」

「考えてみ。〈人助けせよ〉〈人の権利を奪うな〉というルールは、黄金律から出てくるんや。大原則の黄金律を疑うてたら道徳全体が成り立たんのや」

「でもそんなに黄金律が大事なら、犯罪者をなぜ刑務所に入れるんですか？　入りたくない者を無理に入れるのは黄金律違反じゃないんですか？」

「そ、そりゃあ因果応報じゃろうが。犯罪者は人がイヤがることをしたんじゃから、しょうがなかろうが」

興奮すると岡山弁になるのも噂通りである。

「では教育はどうなんですか？　何の罪もない子を無理やり教室に長時間座らせ、勉強嫌いな子に勉強を押しつけ、嫌いなピーマンを食べさせるのは、イヤがることを押しつけてないんですか？　男の好きなギャンブル、タバコ、浮気、無駄使いを女が無理に禁止するのは黄金律に反してないんですか？　大原則を踏みにじってるんです。懲らしめなくていいんですか？」

小ツチヤは答えに窮して黙り込んだ。しばらくして「人を困らせる質問ばぁしたらおえまぁが。それこそ黄金律違反じゃろうが」とつぶやいたときには、公園には小ツチヤが一人ポツンと取り残されていた。

W杯の余波

女子サッカーW杯が終わった。連覇を期待されていたなでしこジャパンは準優勝に終わり、毀誉褒貶にさらされた。選手を非難する者、非難する者を非難する者もいて、W杯の余波とも言うべき争いが一部で続いた。わたしと友人も口論になった。わたしが言った。

「選手は大変だよ。人格まで批判されるから。準決勝でオウンゴールしたイングランドの選手が涙にくれているのを尻目にエグザイルダンスをしたのは品位に欠けると非難された。日本人なら惻隠の情を示すべきだったと言って」

「たしかロンドンオリンピックのときも、表彰式でのなでしこメンバーの振る舞いが非難されたよな」

「選手は強い上に人格者じゃなきゃいけないんだ。つくづく女子サッカーの選手じゃなくてよかった」

「どうせなれないから心配するな。女子にもサッカー選手にも人格者にもなれないから」

「じゃあ一安心だ」

「安心するだけならいいが、自分を棚に上げて選手を非難するようになったら人間としてみっともないぞ。よくスポーツは健全な青少年の育成に役立つと言われるけど、かえって不健全にするんじゃないか？」

「熱くなると、どうしても非難するからな。選手とか監督とか審判とか、自分以外は全部非難の対象だ。そんなことをやってるといずれおれたちみたいな不健全な老人になってしまう」

「その通りだよ。文句があるなら面と向かって選手を直接非難してみろと言いたい。そういうやつにかぎって自分の妻に一言も言えない」

「ただ、おれは妻にはちゃんと注意している。大声で。海に向かって」

「それならおれだって布団に口を押し当てて大声で叱っている」

「ほらな、面と向かって非難できないくせに人を非難していると、こんなに情けない人間になってしまうんだ」

「それだけじゃないよ。ファンの非難合戦が高じて対戦国間の敵愾心が煽られるだろう？　スポーツは友好親善を促進すると言われるが、むしろ対立を促進するんじゃないか？」

「その通り。闘争心を煽るから、人間をフーリガンみたいにしてしまうんだ。スポーツを見ないのにフーリガンみたいなのはいるが」

「おれの家にも一人いる」

「われわれは運動能力もなく勇気も品性もない。世間から罵倒されてもいいのに、なぜお前が罵倒されないか分かるか？」

「欠点がないからだろ」

「だれも期待しないから罵倒されないだけなんだ。期待しなきゃ非難もない。お前が空を飛べないからといってだれも非難しない。選手もかわいそうだよ。頼んでもないのに勝手に過剰な期待をかけられて、〈期待を裏切った〉といって非難されるんだ。非難されても言い返されないのをいいことに、ファンは非難し放題だ。だがいくら非難しやすくても、スポーツ選手は非難されるためにスポーツをしてるんじゃない。相手と戦うために必死でやってるんだ。マグロが美味しそうに見えても、食べられるために生きているんじゃない。それと同じだ」

「おれたちだって叱られるために生きてるんじゃないんだ。何を言われても言い返せないのをいいことに、妻は非難し放題だ」

「言い返せない者を非難するのは人間として醜い」

「たしかにお前のヨメは醜い」

「おれが言ってるのは容姿じゃなくて内面のことだ」

「じゃあ内面が容姿ににじんでいるんだ」

「にじんでないっ！　お前のとこと一緒にするな！　お前のヨメこそ見るに堪えないじゃないか」

「何だと？　おれの妻の前で言ってみろ。おれは許さないからな、妻の手前」

プライドの守り方

男はみんなプライドが高い。プライドを支えているのは、自分はそんじょそこらの男ではない、特別な男だ、という信念である。

だが「お前のどこが特別なのか」と聞かれると、多少でも特別そうなのは虫歯の位置ぐらいしかない。それに気づいたとき、苦悩が始まる。

若いころなら簡単だ。「年をとれば何とかなる。現に、年をとった男は例外なく〈ひとかどの男〉のようにふるまっている。まさか何もないのにそんな態度がとれるはずがない」と将来に期待して、当面は大人に反抗して特別な男のつもりになっていればいい。

だが、いざ年を取ってみると、心身が衰える以外、何の変化も起こっていないことに気づく。たんに頭が固くなって、自分には特別な価値があると勘違いしやすくなるだけだ。

だがこの思い込みを維持するのは困難だ。結婚十年後、結婚相手の真価が分かってきたころ、妻が見下すようになる。家の外では、不審者扱いされるか犬に吠えられる以外、だれも相手にしてくれない。こうなると、自分を特別な存在だと思い続けるのは難しい。

第一、自分に特別な価値があるという実感がない（謙虚すぎるのかもしれない）。むしろ容姿にも能力にも見るべきものがない。自分よりはるかに容姿や能力に恵まれた男はいっぱいいるのに、この自分は生まれたときから罰ゲームをやらされているようなものだ。九割の男がそう思う。

だが、男はこれでプライドを捨てることはない。ではどうやって自分のプライドを救っているのか。

【第一段階】なぜこんなふうに生まれついたのか、何かの間違いではないか。先祖か前世の悪行の報いだとしたら、因果応報システムが不条理すぎるのではないか。色々考えた挙げ句、もしかしたら神の特別な配慮で、不幸を強いられているのかもしれないと思う。過去の偉人は苦難の人生を送り、キリストやソクラテスのように処刑までされているではないか。ちやほやされる寵児が偉大であったためしがない（ちやほやされるというだけでロクな人物ではないと判断できる）。

だが、ここで気づく。偉大な人物は苦難の人生を送ったからではなく、人並み外れた能力があるがゆえに偉大とされていることに。そして自分には見るべき能力が皆無だということに。

【第二段階】どんな個人もかけがえがないはずだ。かけがえのなさは能力や容姿には無関係だ。現に、どんなにできの悪い子どもも親は溺愛し、どんな駄犬も飼い主は可愛がり、ボロボロになった人形も宝物になる。能力も容姿も問題外なのだ。

だが、かけがえのない形見の万年筆と十把一からげの万年筆の違いは何か。かけがえがない物は例外なく愛着の対象になっている。かけがえがないものとして大切にされるには愛着の対象にならなくてはならない。だがこれこそ男には困難だ。愛着の対象になるには接触が必要だが、無理に接触しようとすればストーカー扱いされる。介護される立場になれば接触の機会は得られるが、ますます嫌われて殺される恐れもある。

【最終段階】だいたい、だれかに愛着をもってもらわないと無価値だというのは不合理すぎる。何物とも代替できない自分固有の価値が、他人まかせであっていいわけがない。他人から無視されようと、ゴミ扱いされようと、自分には無条件に価値がある。そう考える。第一、そう考えるしかプライドを救う道はない。この段階になると、もはやどんな扱いを受けてもプライドは揺るがない。

ただ、心の底に疑念が巣くうようになる。何のためにプライドを死守するのだろうか。だれにも認められないような「価値」に何の価値があるのだろうか。

よく分からない野球解説

哲学では「一つ」とか「ある」といっただれでも分かることばを、一般人には理解できないことばで「説明」するが、それに慣れているわたしも、野球解説が説明になっているのか疑問に思うことがある。

――このチームは八連敗中です。何が問題なんでしょうか？

「何も問題ないでしょう。負けているという事実は否定できないんだから」

――いえ、連敗の原因をおたずねしてるんですが。

「それなら、負け続けていることでしょう」

――負け続けている原因は何でしょうか？

「相手チームより点が取れないからです。一点でいい、よけいに取れば負けないんだ。なぜこんな簡単なことができない？　うちの息子でも五点や六点は取る。国語だけだが」

――ま、がんばってほしいというところでしょうか。

「いまはがんばっていないと言うんですか？　がんばっても負けているんでしょ

う？　がんばれと言うのは無責任だろう。がんばるなというのも違うが」

――……さあ試合開始です。この先頭打者は最近不振です。原因は何でしょうか。

「ヒットを打てないからでしょうね」

――打てない原因は？

「第一にバットに球が当たらない、第二に当たってもアウトになる。この二つを直せば調子は上向きます」

――あっ、空振りです。

「あれじゃテニスラケットでもフライパンでも当たらない。自分本来のバッティングができていないから」

――このピッチャーの出来はどうですか？

「マウンドさばきがいいね。球に力がある。まず打てないでしょう。今日は自分のピッチングができている」

――今季、四球が多いんですが……

「ストライクが入らないからです。でも今日はノーヒットノーランを達成してもおかしくない出来だ」

――一球しか投げていない段階で言い切れますか。

「言い切らない男は大嫌いだ」

――あっ、打った。ホームランか？　レフト、フェンス際、ジャンプして取った！
ファインプレイ！

「ほら、やはり球威に押されてるからスタンドに入らないでしょう？」

――はい。次の打者は最近いつになく好調です。何が変わったんでしょうか。

「自分のバッティングができるようになったんです」

――第一球、ストライク！　いまのはカーブですか？

「あるいはスライダーかカットボールか、何か変化球です。キレが悪いから分かりにくい。わたしの目も最近調子が悪いが。変化球は使わないでもらいたい」

――第二球、投げた！　ストライク！　ストレートで来ましたね。

「ストレートは威力がある。これで攻めればいい」

――第三球、投げた！　打った、いい当たり、ライト前ヒット！　ストレートを打たれました。

「完全な失投です。あんな棒ダマならうちの息子でも打てる。ま、調子のいいときはおうおうにして失投するものです」

――次のバッターは現在ホームランダービーでトップ。どう攻めますか？

「いい球を投げているんだから、自分を信じ、そして打者を信じないで、自分のピッチングをすることです。今日の調子なら外角低めにストレートを投げれば打たれないから」

――第一球、外角のストレート、打った！　これは大きい。バックスクリーンに入るホームランです！　外角低めいっぱいでした。

「急に調子が落ちたね。自分本来のピッチングを完全に見失っている」

※

この解説者は奥さんに浮気を疑われたとき、ちゃんと納得させる説明ができているのだろうか。

まえがきの書き方

本はいくつかの部分から成り立っている。

本の概要を示すまえがき、どんな中身が何ページにあるかを示す目次、関連および非関連情報を伝える解説、どこからどこまでが一冊かを示す表紙がある。

機能がはっきりしないのは本文だけだ。強いて言えば、本文にはまえがき、目次、表紙、解説を成り立たせる機能がある。

あとがきをつける本もあるが、わたしの場合、まえがきでもあとがきでも書くことは変わらない。違いはどの位置に置かれるかだけだ。同じきつねうどんでも、朝食べるか夜食べるかによって朝食と夕食に分かれ、同じ生物でもどこで生まれたかによって地球人か宇宙人かに分かれ、同じ一万円札でも、どこで印刷されたかによって偽札か真札かに分かれるのと同じである。

だからまえがきのタイトルは「あとがき——まえがきに代えて」でも、「まえがきに代えて——〈あとがきに代えて〉に代えて」でもかまわない。

まえがきの第一の役割は、どんなジャンルの本かを伝えることだ。ジャンルを明らかにすると、そのジャンルに関心をもたない読者を排除するから、販路を狭める懸念はあるが、何も書かないと販路を閉ざすことになる。かりに『スバルの過去と未来』という本を、スバル星の天文学的考察なのか、愛犬スバルとの生活記なのか、乗用車の開発秘話なのか、スバルというコードネームのスパイの失恋ドラマなのか分からないまま買う人がいるだろうか。

まえがきに読み方を書くこともある。「普通の日本語として読んでいただきたい。ページは若い順に読んでいき、行は右から左に、文字は上から下に読んでいただければよい」などだ（拙著『われ笑う、ゆえにわれあり』）。

わたしのまえがきは通常、①実力を十分発揮できなかった、②しかし最善を尽くした、③有意義でも名文でもない、④にもかかわらず買う価値がある（あるいは買わないと大変なことになる）の四点を書いている。

これを整合的に書くのは簡単ではない。どうしても体調や環境が悪くて実力が出せなかったなど、言い訳になってしまう。まえがきのタイトルを「ツチヤの弁明――まえがきに代えて」にしたいと何度思ったかしれない。

こういうまえがきを読んだ編集者が本音を吐いたら次のようになるだろう。

編集者「言い訳ばかりだ。いっそ〈駄作になった理由――まえがきに代えて〉にした方が潔いでしょう」

わたし「それはいい！　それでいきましょう」

「本気にしたんですか。そんなまえがきでだれが買うんですか？」

「わたしは売り上げを捨てても誠実でありたい。名作を求めて買う人を失望させないためにも、駄作だと断るべきです」

「失望させたくないなら、失望させない本を書く努力をするでしょう、ふつう」

「そんな努力をするより、言い訳を考えた方がラクでしょう、ふつう」

「見苦しいですよ、それでもいいんですか？」

「わたしは耐えるつもりです」

「ま、有意義な本を求める人は最初から先生の本は買いませんから。ただ、体調不良がなぜ言い訳になるんですか？　病床で書いている人だっているんですよ」

「でもわたしが書くようなふざけた文章は、体調不良では書けません」

「だれがふざけた文章を書いてくれと言いました？」

「えっ、それを期待されているんじゃないんですか？　わたしが真面目に書いたら、小学生が書くような文章になりますよ」

「そんなことありませんよ。もっと上手に書く小学生はいっぱいいますから」

最初の一歩説

　変化のない生活を送っていても、ふと大きく変化したことに驚くことがある。最近、何でもない仕事が負担に思えるようになった。

月一回のマンションの理事会が二週間前から重荷になるし、人と会うときは何日も前から緊張する。原稿を依頼されても大仕事に思えて断ってしまう。

　大学に勤めていたころとは大違いだ。一番忙しかったときは、学部長の激務をこなし、毎日のように会議に出席し、授業と論文指導をやり、研究論文を読むなど多忙をきわめたが、月四回ジャズのライブに出演し、家ではピアノの練習を欠かさず、武道の道場に毎週通い、展覧会に行き、人との交流を絶やさず、毎日よく歩き、原稿や講演の依頼も断らなかった。

　仕事が多いと、一つぐらい増えても負担に感じないのだ。だがいまは、一つでも大きい負担に思える。

　負担だからといってサボることもできない。忙しいころはサボりなれていたから罪悪感も感じなかったが、いまではサボると重罪を犯すような気になる。

暇なときは何でもないことが大仕事になるのはパーキンソンの法則を実証するものだ。これは「仕事に要する時間は使える時間に応じて増減する」という法則だ。たとえば礼状を書く仕事は、五分間使えるなら五分で終わる仕事、一日使えるなら一日仕事になる。仕事に取りかかるまでの気に病む時間も、使える時間に応じて増減する。気に病むのに使える時間が一週間あれば、一週間前から気に病むようになる。

これを教え子に説明すると、教え子が反論した。

「使える時間だけ時間がかかるのなら、暇が六時間あれば二時間の映画を見るのに六時間かかることになります。間違ってませんか」

「た、たしかにな。三回見ろという意味にも考えにくいし。ただ数日前から、見る価値があるのか気に病むのはたしかだ」

「それなら予定を詰め込んで使える時間をなくせばいいんです。映画を二時間見た後、散歩を一時間、筋トレを三十分とか」

「そんな畢生《ひっせい》の大仕事ばかりできるか。もしかしたら、何もしていない状態から仕事を一つ始めるのは、多数の仕事に一つ追加するのより大変なのかもしれない。ちょうど大きい船を最初に動かすのが大変なように、最初の一歩が大仕事なんだ。前科十犯が前科十一犯になるのと比べ、初めての犯行は重大だし、初めて二股をかけるのは、五股を六股にするより大変だ」

「犯罪とか二股とか経験者なんですか？　そんな度胸があるとも思えませんが」

「経験してなくても分かるよ。想像力があれば」

「想像力があるとも思いませんでした。最初の一歩説も問題です。幼児が初めて転ぶのより、老人が転ぶ方が危険です。スズメバチに刺されるのも、何度目かの方が危ないんですよ」

「例外を探さないで、最初の一歩が大きいという事例を見つけてくれないか？」

「じゃあ、原稿の場合はどうですか？　最初の一行ができれば半分完成したようなものでしょう？」

「わたしの経験ではそうはいかないね。最初の一行で全体の半分書けたようなものだと言えるのは、全部で二行の文章を書くときぐらいだ。現に、最後の一行を書くのに全体の半分の労力がいるとも考えられる。二行の文章をかくときにかぎるが。ただ、最後の一行で九仞《きゅうじん》の功を一簣《いっき》に虧《か》くこともあるから、最後の一行も非常に重要だ」

「結局、どの一歩も大仕事じゃないですか。こんな説を発表してこれ以上晩節を汚さないよう気をつけてくださいね。すでに色々なことで汚されているから、一つぐらい追加しても大差はありませんけどね」

夏が暑い理由

　暑い。身体が溶けそうだ。年を追うごとに、身体が溶けやすく燃えやすくなっているような気がする。

　まるで罰を受けているような暑さだ。罰を受ける理由なら多数思い当たる。こういうときは、理系人間になって純粋に科学の問題にしてしまうのがよい。

　そこでなぜ暑いのか、なぜ夏が来るのかを、夏輪熱史氏に話を聞いた。

――夏は太陽との距離が縮まっているのか。

「違う。地軸の傾きで、冬は太陽が斜めから当たるが、夏は真上に近い角度から当たるから暑くなる。ちょうど車が正面衝突する方が側面をこすられるより衝撃は大きい。それと同じだ。太陽との距離は夏の方がむしろ離れている。太陽との距離は一億五千万キロメートルほどあり、距離の違いは無視できる」

――距離が無視できるなら、地軸の傾きも無視できるのではないか。

「コップの水がこぼれるかどうかは傾き次第だ。コップをもつ手の長さには関係ない。それと同じだ」

――……山の上はなぜ気温が低いのか。

「太陽がまず地表を温め、地表が空気を温める。だから地表に近い方が温かい」

――温かい空気は上昇するから、高い方が温度が高くてもよさそうなものだ。

「温めきらないうちに夜になる。朝起きて仕事のエンジンがかかってきたころ寝る時間になるのと同じだ」

――山頂を四畳半ぐらいの広さだと考えているのではないか。広大な高原や台地でも気温は低い。高原も地表だから温められるはずだ。

「標高が高いと気圧が低い。温めるべき空気が薄い」

――頭が薄いと切るべき毛髪がないのと同じか。

「わたしをおちょくっているのか」

――冗談だ。空気がなければ逆に冷やすべき物も薄いのではないか。やはり頭髪が薄いと冷えるのか。

「侮辱するのか」

――心配しただけだ。

「勝手に心配するな。気温は空気の分子運動だから真空だと気温はゼロになる」

――冬型高気圧は空気が濃いのに寒いが。

「冬だからだ。高気圧でなかったらもっと寒いはずだ。わたしの頭を見るなっ」

――地表が温まって空気を温めるのなら、海水がなぜ空気より冷たいのか。

「小学校で習ったと思うが、夜になると海面の方が地面より温度が高くなる。地面は海面より温まりやすい。アスファルトが溶けるほどだ。また地面は海面よりさめやすい」

――先ほど太陽光の当たる角度だと言ったが、それなら夏至が一年で一番暑くなるはずだ。

「地表を温めるにも、地表が空気を温めるにも時間がかかる。だから一日の最高気温は、太陽が真上にくる正午より遅れて来る」

――その遅れは二、三時間だ。だが一年で一番暑い日は夏至より一ヶ月も遅い。

「気温は毎日上下しながら全体として上がって行く。ちょうどダイエットとリバウンドを細かく繰り返しながら全体として体重が増えて行くのと同じだ」

――毛髪が生え替わっていくたびに減って行くのと同じだと理解していいか。

「毛髪にたとえるな。季節は春夏秋冬と循環するが、毛髪は循環しない」

――増えないのを認めるのか。毛が増えてほしくないのか。

「増えてほしいが、どうやっても増えないのだ。これ以上傷を広げるな」

――体重もそれ以上増やしたいのか。

「違う。減らないだけだ」

――ところでなぜ側頭部の毛髪を三つ編みにしてリボンをつけ、ランドセルを背負っているのか。

「正直に言うと、肥満とハゲから目をそらすためだ」

――前歯がないのもそうか。

「昨日転んで折れたんだ」

――半ズボンなのは。

「暑いんだ」

焼きそばのいろいろ

今日の夕食は焼きそばだ。我が家の焼きそばは野菜が多い。そばより多いぐらいだ。野菜を食べるのは身体のためだ。総合ビタミン剤と食物繊維をとれば野菜は食べなくてもいいとも思えるが、わたしの知らない理由により、本物の野菜が必要だと専門家が言うため、野菜を食べないと死ぬとわたしは固く信じている。

妻は焼きそばを作ってわたしの前に置くと、「のぼせた」と言って部屋を出た。わたしは妻を心配しながら、食卓にひとりぼっちで楽しく食べた。味がおかしいと思ったが、味がおかしいのはいつものことだ。

食べ終わってのんびりテレビで野球を楽しんでいると、妻が回復したのか、帰ってきた。緊張がにわかによみがえり、妻の身を案じていたように聞こえることを祈りながら「ごちそうさま」と言う。

妻はそれには答えず、台所へ行く。直後に「あーっ！」という叫び声が聞こえた。わたしの悪事が露見したのかと咄嗟に思ったが、台所で発見されるような悪事は働いた覚えがない。もしかしたら妻が食器棚のガラスに映った自分の顔を見て怯えたのかもしれない。

　想像に熱中しかけると、妻が言った。驚いた。

「そばを入れ忘れてた！」

　スーパーで買った焼きそば用のそばが袋に入ったまま調理台に残っているという。わたしは明敏にも、ただちに鋭く推理した。わたしが食べたのは焼きそばではなく、野菜炒めだった。

　そば抜きの焼きそばを作るなんて考えられないと思う人は妻を知らない人だ。妻は、鍋にすきやきの材料を入れるときになって、肉を買っていなかったことに気づいたり、カレーを作って食べるときになってご飯を炊いていなかったことに気づくなどの赫々たる実績の持ち主である。そば抜きの焼きそばを作っても不思議ではない。そのうち肉抜き・どんぶり抜きの牛丼を作るだろう。

　わたしは肝心のものが欠けている事例には慣れている。食堂で食べたチキンライスに鶏肉が見つからず、さっき歯にはさまったのが鶏肉だったのかと思ったこともあるし、スーパーで和牛仕立てのオーストラリア産牛肉も買っていた。

　それにわれわれは果汁ゼロのオレンジジュースを飲み、笑っていない笑顔を向けられ、気持ちのこもらないお礼のことばを言われ、サービスする気のないサービス係と交渉し、メイクしていないように見えるメイク（ナチュラルメイクというらしい）を見せられている。肝心のものが欠けている事例は意外に多い。

ただ一番の問題は、わたしがそばが入っていないことに気づかなかったことだ。たしかに、ふだんから妻の料理に順応しようと妥協を重ねたため、味覚が鈍感になり、最低限、食べられる物と食べられない物を区別できればいいというところまで大雑把になっている。だから焼きそばだろうが野菜炒めだろうが、いったん食べられる物に分類すれば、それ以上分類するのを自分に禁じている。だがそこまで味覚が大雑把になっているとは思わなかった。

驚いたことに、妻は平然と「今日の焼きそば、どうだった？」と聞いた。

「あれは焼きそばじゃなくて野菜炒めだ。カツが入ってないカレーをカツカレーと言うか？」

「でも文句も言わずに完食して〈ごちそうさま〉と言ったじゃない。そのときは自分の舌で焼きそばだと判断してたでしょ」

やっかいな展開になると確信したわたしは、いつものように妥協し、野菜炒めは焼きそばの一種だと自分に言い聞かせた。

翌日はチャーハンだった。食べる前にごはんが入っていることを慎重に確認した。

推敲の実際

『不良妻権』が出版された。薄い本だし、書いた人間も薄っぺら、考えていることも軽薄だ。だが随所に珠玉の名言をちりばめ（「掃きだめにツル」とか「一網打尽」など）、生き方のヒントも、「愚かで何が悪い」「評判が悪くて何が悪い」「無駄を恐れるな」など、探せばいくらでも見つけることができる（川の流れを見て生き方を悟る人だっているのだ）。

『不良妻権』は、本連載をまとめたものだが、たんに集めただけではない。大幅に書き直してある。

書き直しを軽く見てはいけない。「金を落とした」を「金を拾った」に書き直すだけで大きく違うのだ。

連載に載せる段階ですでに何度も推敲しているが、文庫化する段階でもさらに推敲を重ねた。

推敲を重ねたようには見えないと言われるだろう。もっともな指摘である。

理由は三つある。①わたしは「練り上げた」文章のどこがいいのか分からない、

②どんな文章が練り上げた文章なのか分からない、③どうすれば文章が練り上がるのか分からない。ちょうど、射撃競技で、的に当てればいいのか外せばいいのかも分からず、的の場所も分からず、撃ち方も分からない状態なのだ。

なぜ最初からちゃんとしたものを書かないのかと言われるかもしれないが、批判能力が高いため、どう書いても満足できないのが大芸術家の特徴だから仕方がない。事実、名文家の誉れ高いプラトンも、『国家』の冒頭の数語の語順を何度も何度も入れ替えた。

何度書き直しても気に入らないのは、文章力よりも批判する能力が上回っているからだ。ちょうどプロ野球選手を批判するのは簡単でも、自分ではロクに野球ができないのと同じである。あるいは、「耄碌」を読めても書けないのと同じである。

推敲によってどれだけ変わるか実例を示す。

【第三稿】(「最近には出版が事情が悪い」など不自然な文を訂正してある)

最近書籍の売れ行きが悪くなった。わたしの本の売れ行きは悪くなっていない。前から悪いのだ。時代に追いつかれた思いだ。

売れ行きは悪くても人間は悪くない。悪人だと言えば嘘になるが、嘘になってもよければ、完璧な善人だと言い切れる。

嘘つきだと言われるが、嘘をついた覚えがあまりない。物忘れが激しくなっているからだ。そのかわり、物覚えが悪くなっている。

【第五稿】（あいまいな部分を明確化した）

最近、本が売れないという。「最近」を「この百年」とか「この一万年」と解釈すれば、出版界は隆盛を極めている。「この数日」と解釈すれば、売れ行きは停滞している。「この二十年」と解釈すれば売れ行きは悪化の一途をたどっている。だが拙著の売れ行きは悪いままだ。時代を先取りしていると言えよう。

売れ行きは悪くても、わたしは悪い人間ではない。その証拠に一度も逮捕されたこともなければ罪が露見したこともない。疑いをかけられても、シラを切り通してきた。

ただ、完璧な善人ではない。謙虚すぎるのを除けば、ふつうの人間だ。

ふつうだと思っていても、色々な人から「最低の人間だ」と言われるから油断は禁物だ。悪人ではないのに最低なのだ。「最低の人間」はさほど最低ではないのだろう。

そう思っていると、「たいていの悪人より男として魅力がない」と言われるから油断は禁物だ。

【第十稿】（「不必要なことは言うな」と親、友人、妻、教え子から言われてきたことを思い出し、不要な部分を削った）

わたしは悪くない。

【最終稿】（明確化した）

悪いのは妻だ。

【文庫版】（妻の注意を受けて修正）

妻は悪くない。

なぜシャツのシミはヨゴレなのか

喫茶店の片隅で、希代の聖人ツチヤ師が数人の崇拝者に取り囲まれておられた。まるで財布を落としたように、しょんぼりしたご様子である（何もなくてもふだんからしょんぼりしておられる）。

取り巻きの中から男が「恋人にフラれました。どうすればいいでしょうか」と質問した。すると、師は「見よ」とおっしゃってシャツを指さされた。

「醤油のシミである」

たしかにそう見えるが、失恋と何の関係があるのか不可解である。師のお話は不可解なまま終わることもあるから気を引き締める。

師はさらに「見よ」とおっしゃってズボンの黄色いシミを指さされた。

「カレーのシミである」

依然、お話が不可解なまま、続けて言われた。

「シミを作るたびに妻は怒る。〈ヨゴレ〉と認識しているのである。なぜシミがヨゴレなのか、考えよ」

話がどうつながるのかも、ヨゴレと認識される理由も分からない。しばらくして師はおっしゃった。

「なぜシミを模様と考えないのか。シャツは真っ白であるべきだと考えているからである。シャツのあるべき姿と比較してヨゴレと判定しているのである」

一同、はじめて師のおことばが理解できた思いでほっとするが、失恋との結びつきは不明なままである。師は続けられた。

「壁が全面真っ白であるべきだと想定すれば、子どもの落書きは〈ヨゴレ〉と判定されるが、そう想定しなければ、模様として味わえる。〈絵は実物そっくりであるべきだ〉と思う者はピカソを楽しめない。〈こうあるべきだ〉を捨てれば、落書きもピカソも虚心坦懐に味わえる」

深い！　おことばの深遠さと師のお姿との落差が大きいだけに感動が大きい。

「性格もそうだ。〈あるべき性格〉を想定しなければ、〈こんな性格なんだな〉と思うだけだ。カバの性格に腹を立てないのは、〈あるべき〉カバを想定しないからである」

感銘がますます深まる中、中年男が言った。

「でも、わたしが妻の性格をあるがままに認めても、妻はわたしを認めません」

師は聞くなり、怒りをあらわにしておっしゃった。

「たわけ者！　お前は〈妻は何でも許してくれるべきだ〉と何の根拠もなく想定するからそのような愚痴を言うのだ。勝手に〈ネコはワンと吠えるべきだ〉と想定すればネコに腹が立つのと同じである。妻は文句を言うものだとあるがままに想定していれば不都合を感じるであろうか」

ますます調子に乗られたのか、興奮した面もちで一気に続けられた。

「失恋もそうだ。人生に挫折や失敗があるべきではないと考えるのは愚かである。だれが〈挫折はあってはならない〉と決めたのか？　断じてお前ではない。われわれは挫折や不幸に満ちた人生をそのまま認めることができるだけである。だが認めてしまえば、ありのままの人生を味わうことができる。小説を見よ。不幸も挫折も苦難も敗北もある。それを読んで楽しんでいるではないか。いいことづくめの小説はつまらないではないか」

話がつながり、その深さに一同、深い感銘に包まれる。夢中で話す師の顔は紅潮し、身振り手振りが次第に大きくなったため、手がコップに当たり、コップが床に落ちて割れる音が店内に響いた。コップを拾おうとなさったのか、師があわててしゃがんだ拍子にコーヒーカップが落ち、ほとんど飲んでいないコーヒーが師のシャツ一面にかかった。

師の興奮は動揺に変わった。コーヒーまみれのシャツをごらんになるなり、ご自分に言い聞かせるようにつぶやかれた。

「衝撃的なことが起こらない人生はつまらない」

汚れじゃないっ！

女の戦術

女は子どものころから口先一つで男を操るが、どんな戦術を使っているのか。男は何も分からないまま操られており、この疑問をもつことすらない。男性諸氏の自覚を促すため、わたしの仮説を発表する。

女は「超論理法」を使う。

どんな乱暴な男でも論理は守る。「おれは乱暴だから乱暴ではない」などと考えることはない。だが女ははるかに乱暴だ。論理を無視するのだから。

男も論理を破ることはあるが、意識的に破るわけではない。たとえば若い男が「親の束縛から逃れたくてね、一人暮らしを始めるつもりで実家を出たんだけど、彼女と別々に暮らすのももったいないと思って結婚しちゃった」とうれしそうに話す場合、束縛を逃れようとしてさらに強く束縛されていることに気づいていないだけなのだ。

女は意識的に論理を無視する。フライパンを買って帰る女が一緒にいる男に「このフライパン、重いからもってくれない？」と言い、男が「おれは両手に重い荷物

をもってるんだ。お前はフライパンしかもってないじゃないか」と抗議すると、

「大丈夫！　風船みたいに軽いから」と答えて男にもたせる。

お茶をいれるのは妻の分担だ。お茶を頼むと、妻はテレビを見ながら、「いまお茶をいれる気にならないから自分でやってよ。やる気にならないことはだれにもあるでしょう？　郵便を出してくれ？　それはあなたの仕事でしょう。自分の仕事は何があっても責任をもってやりなさいよ。どうせ暇なんでしょ。忙しいの？　忙しいときって仕事が一つ増えても負担に感じないものなのよ。なーんだ、テレビが見たいの？　忙しいと言ったり暇だと言ったり論理を無視しないでよ。テレビを見る暇があるなら郵便物ぐらい出しなさいよ。テレビの前で動かずにいるより、郵便局まで歩けば身体にいいのよ。第一、このテレビ番組なんてちっとも面白くないんだから。何、熱があるの？　三十七度？　大丈夫。大事にしているとよけい悪くなるわよ。わたしもこの前六度七分あったから出前のピザを食べて寝込んでいたら、よけい悪くなっちゃった」と言ってテレビを見続ける。

そこへゴキブリが出ると、女は飛び上がる。「早く！　何とかしてよ。怖いんだから。何？　あなたも怖いの？　どこが怖いのよ。ゴキブリは毒も何もないんだから大丈夫、安全だから」

夕食のときがくる。女が料理を出して言う。

「そのかぼちゃ、食べてね。おいしいから。汚くないわよ。なぜそういうことを言うの？　えっ、落としたところを見たの？　そんなことで尻込みしてるの？　神経質ねぇ。一万年前に生まれてたら最初に死んでたわよ。わたし？　落ちた物は食べるなって祖父の遺言なの。祖父はそれがもとで死んだのよ。大丈夫、だまされたと思って食べてみなさいよ。ほら汚くないでしょう？　それからその豆腐も食べてね。身体にいいんだから。消費期限切れ？　見たの？　何をこそこそスパイしてるのよ。男ならでんと構えて腐った物だろうが毒だろうが食べる度量がなきゃ。四日しか期限を過ぎてないんだから大丈夫。そんなこと気にしていたら、アフリカの飢餓に苦しむ人に顔向けできないでしょう？　ねっ、おいしいでしょ。食べたら食器は洗ってね。えっ、洗うのは女の仕事？　仕事に男も女もないでしょう。あなた、女性差別だったの？　男女で仕事を分けないでよ。会社じゃないんだから。家族でしょう？　助け合わなきゃ家族じゃないわよ。そもそも人のイヤがる仕事をすすんで引き受けるのが男でしょう？　食器洗いもやってみたら楽しいわよ」

冒険する理由

人間には二種類ある。冒険するタイプと安全を優先するタイプだ。食べ物、ファッションなどでも保守的な人と冒険する人に分かれる。わたしは安全第一主義だ。正確に言えば、安全第一主義の上品な紳士だ。

世の中には、入ったことのない食堂に入り、食べたこともない料理を食べ、見たこともない髪型にし、理解に苦しむような服装をする冒険者がいるが、わたしはそれと反対のタイプだ。

若いころは冒険していた。試したことのない髪型や服装に挑戦したものだ。だが、そうするたびに嘲笑を浴びるか同情を買うかだったため、冒険心は摘み取られ、いまでは歌舞伎のメイクにおさげ髪、衣冠束帯にゴム長靴で歩く勇気もない。

他方、食に関しては子どものころから一貫して保守的だった。十円玉、砂、ペンチ、壁、柱、畳など多くの物を舐めはしたが、食べはしなかった。虫が口に飛び込んできたこともあるが、食べたことはない。

当然、苦手な食物も多いが、苦手を克服して食べられる物を増やそうとは思わない。わたしを冒険心がないと責める者は、昆虫、ミミズ、石ころ、有害添加物などを食べる勇気があるのか自問してもらいたい。

わたしは食堂に行っても、冒険者とは対照的に、いつも同じ料理を注文する。利用する食堂も数軒に絞っている。食べたことのない物を食べると、不味かったり、苦手な食材が含まれている恐れがあるからだ。

それにしてはかなりの数の料理が食べられるのが不思議である。たいていは、新しい土地に住んで仕方なく食べたのがきっかけになっている。大学に入って上京して寮の仲間に連れられて、カツ丼、餃子、野菜炒めを初めて食べ、それ以来、好物になったし、イギリスに行って初めて食べたフィッシュアンドチップスは大好物になった。だからまだ食べたことのない料理の中には大好きなものもあるに違いないが、その分苦手な料理に当たる危険も増えるから、初めての料理は極力避けている。

わたしだけではない。食に関しては動物も冒険しない。動物はどんなに腹が減っても、食べられる物を新たに開拓しない。雑食のサルでさえ大豆を発酵までさせて食べはしない。人間も、健全ならわたしのように慎重な食べ方をするはずだ。

実際、だれでも生まれてから、母乳から離乳食に切り替え、離乳食を大人の食べ物に切り替えるのは簡単ではなかったはずだ。

だから人間は本来、食に関しては保守的なのだ。たとえ冒険が好きな者がいても、経験が人を慎重にするはずだ。人間は何事につけ、より大きい満足を求めて貪欲に手を伸ばすが、そのうちに痛い目にあう。食べたことのない料理がおいしければ、調子に乗って食べたことのない料理を試し、いつかは痛い目にあう。株やギャンブルで勝てば、際限なく儲けようとして痛い目にあう。人間は痛い目にあって初めて少ない満足にとどめることをおぼえるのだ。

人間は経験を重ねると慎重になるはずなのにいい歳をした大人がなぜ冒険するのか。たぶん痛い目にあったことがないか、痛い目にあったことに気付かないほど鈍感なのか、学習能力がないか、欲が深いか、不味い料理をおいしいと勘違いしているかだろう。

ここまで書いて気づいた重大なことがある。それは、慎重なわたしが毎日冒険しているということだ。妻の家庭料理を食べているのだ。家庭料理といってもふつうではない。妻は「そば抜きの焼きそば」を作り、「ラーメンは作ってから一晩寝かしたぐらいが一番おいしい」という思想の持ち主なのだ。

冒険する理由に付け加えたい。心ならずも冒険することがある。

上品さとは何か

上品さとは何か。上品なわたしなら分かりそうなものだが、はっきりとは分からない。自分に近い物ほど分からないからだ（現に、自分の心が何なのか、だれにも分からない）。

上品さについてわたしに分かることはわずかだ。

まず、高価な服を着ても上品になるとはかぎらない（自分が上品でないのは安物の服を着ているからだと考える愚か者がわたしの家に一人いる）。

そもそも物の値段にこだわるのは上品ではない。爪楊枝やトイレットペーパーまで家の中を高級品でそろえ、高価な服に身を包んでも、値段に圧倒されて借りてきた猫のようになる人は上品とは言えない。

金持ちと食事に行き、メニューに書いてある値段を見て動揺してもいけない。メニューの中で一番安い物を注文し、「安いからじゃなくて、これが好物なんだ」と言い訳を繰り返すのも上品ではない。

食べるときは、どんなことがあっても食べ物をこぼしてはならない。高価な白のタキシードを着て平気でカレーうどんを食べることができなくてはならない。

さらに、ナイフとフォークでさんまの塩焼きを緊張せずに食べることができ、ナイフを床に落としても、眉一つ動かさず、ウエイターにナイフをもってこさせなくてはならない。その際、恐縮のあまり、ウエイターに「本当にすみません。二度と落としません」などと誓ってはいけない。

ちなみに、いかなる場合にも眉一つ動かさないのが鉄則である。動かしても、最大の脅威（「殺すぞ」「お前のヨメに言いつけるぞ」）に直面したときに眉を一ミリ動かす程度にとどめるべきだ。どうしても眉が動く人はボトックス注射で眉を固定することも検討すべきだ。

それというのも、上品さには落ち着きが必要だと思われるからだ。貧乏ゆすりはもちろん、ネズミのようにチョコマカしても、ニワトリのような歩き方をしてもいけない。ラクダのような尊大な顔つきも、カラスのような人を食った顔つきをするのも禁物だ。オオカミのように遠吠えしたり、カエルのように舌でハエを捕ってもいけない。

音も重要だ。室内でドタドタ音を立てて歩くのは失格だが、抜き足、差し足、忍び足も禁物だ。

また、ドアや引き出しや口を開閉するときも、くしゃみや咳をするときも大きい音を立ててはならない。くしゃみや咳は一生しないのが望ましい。

また「マジウゼー」「ヤベーッ」「チョーウケる」などということばは間違っても使ってはならない。まして間違った使い方をしてはならない。そもそも、いかなる場合もチョーウケてはならない。

当然、敬語は使えなくてはならない。敬語なら簡単だと思う人は、「恩師の夫人が年上の従兄弟に貸した金を返さないのを怒り、恩師に当たり散らしたと恩師の弟子が先輩の息子に教えた」という内容を、平安貴族のように上下関係が分かるように敬語で表現してみてもらいたい。

話すときはかん高い声や裏返った声は厳禁、「あ〜」「う〜」もオドオドする態度も言語道断である。

言うまでもなく、ハンカチをつねに携行するといったエチケットは基本中の基本である。「なぜハンカチが必要なんだ？　いつだってズボンぐらいはいているだろう」と言ってズボンで手を拭く男は論外だ。

この程度のことしかわたしには分からない。ただ、列挙しているうちに、上品さはわたしから最も遠い物ではないかと思えてきた。

そう言えば、自分から遠い事柄ほど分かりにくいものだ（現にブラックホールや女の心は不可解である）。

愚かなことをする自由

情報技術の進歩はめざましい。電車に乗るときだけをとっても、乗車券の販売も改札も機械だ。いずれは電車に乗るのも機械にやってもらう日が来るだろう。

あらゆる面でこうした自動化が進み、多くの職種が姿を消すと言われている。

戦争でも多くの部分が自動化されている。間もなく人間はミサイルのスイッチを入れる以外、することがなくなるだろう。

コンピュータ自身がミサイルのスイッチを入れるようになる日も遠くない。否、コンピュータならミサイルを使うハメにならないよう、外交などあらゆる手段を講じるだろう。コンピュータに外交から経済政策まですべてまかせ、人間はそれに従えば間違いがない。

それというのも、コンピュータの方が人間より正しい判断を下すだろうからだ。進化したコンピュータは現状を正確に知り、あらゆる選択肢について、プロ棋士のように何百手も先まで読み、その中から最も有利なものを選ぶはずだ。

ただ、何が適切な判断か、何が有利かまでコンピュータが決めるなら、人間と利害が対立する場合、ホーキング博士が警告しているように、人工知能が人間に脅威となる可能性もある。

だがわたしはこれに関して別の問題提起をしたい。コンピュータの進化がつきつけている問題がある。そもそも人類に自由はあるのか。

有利な結果をもたらす正しい判断は一つしかない。その判断ができれば、その判断に従うはずだ。だれが不利な結果を招く判断に従うだろうか。人間より正しい判断を下せる物があればそれに従うしかない。

自由を求めるなら無知になるか、不利な結果をもたらす行動を選ぶしかない。

たとえば歯が痛くなるとしよう。痛みを感知すると、機械的手順に従って歯医者の電話番号を調べ、歯医者の予約をする。自分と歯医者の予定からほぼ自動的に決まる予約日時を手帳に記入する。予約した日になると手帳に従って、歯医者に行く。歯医者は決まった手順通り治療行為をし、決められた表を使って診療費を請求書に記入し、その金額をわたしが払う。

このように手順通りに行動するのは、機械が工程通りに動くのと同じである。ただ機械と違う点は、痛みを感じ、ドリルで削られ、金を払わされるのが人間だということだ。悲しいことに、人間の尊厳らしいものはそこにしかない。

この決まった手順の中で自由な行動をしたいなら、歯が痛いときに眼科医に電話したり、手帳と違う日時に医者に行くしかない。

われわれは愚かな行動をする自由しかないのだ。犬を飼えば決まった時間に散歩させ、餌をやり、病気になれば病院に連れて行く。犬を飼うにはこれらの手順を守り、犬の奴隷になる必要がある。同様にして人間は子どもの奴隷になり家族の奴隷になる。

道具もそうだ。金槌を使うにも正しい手順に従う必要がある。指を打っても釘は打てず、金槌を使って鉋のように板を削ることはできない。

不自由な生活を続けて病気になっても心配無用だ。医者は手順通りに治療し、死ねば、遺族や親戚も手順通りに行動し、葬儀屋も僧侶も手順通りに行動する。誰一人迷う余地がない。

万事に正しい手順が決まっているのだから、悩みや迷いが入る余地はないはずだ。たんに正しい手順を知らないから悩むのだ。その点は、将来コンピュータが的確に教えてくれるだろう。

こうして現在も未来も、人間には自分で決定する余地がなく、奴隷的生活を送るしかない。せいぜい金や女に目がくらんで後先考えず自分に不利な結果を招く自由しかない。「それだけ自由があれば十分だ」と考える男も多いだろうが。

魎の章

席を譲られる人

七十歳を超えると電車で席を譲られるものと思っていた。しかもわたしは人一倍虚弱体質だ。元気いっぱいのときでも貧相だ。それなのに席を譲ってもらったことがない。

座っている若者の前に立って死にそうな顔をしても、若者はスマホに夢中で気づかないふりをするか、寝たふりをするかだ(ふりをしているのは明らかだ。前に立ったのが美女だったらスマホも居眠りもやっていられないはずだ)。

こうなったら力で対抗するしかない。わたしは座っている若者の頭上に身を乗り出して軽く咳をしながら、いまにも吐きそうな様子を見せる。それが功を奏したのか偶然か、席が空き、座ると隣に座っていた若い女が電車の走行中なのに立ち上がって離れてしまう。

子どものころ、席に座れなくて大声で泣いていると、若い女の人が席を譲ってくれた。今後座りたいときは泣いてやる。

そう思いながら電車を降りて帰宅すると、妻が険しい顔をしている。ふだん通りだ。いつものように距離をとっていると妻が言った。

「大阪の地下鉄でハゲのおっさんに席を譲られた」

ほっとしたわたしは喜び、「よかった。わたしを怒っているのではなかった。妻の反応は予想の逆だった。

かったね！ おめでとう」と祝福したが、妻の反応は予想の逆だった。

「ハゲのおっさんに譲られて何がうれしいのよ！」

自分より年上の老人に席を譲られて怒っているのだ。そう言えば、昔、妻は「おばさん」と呼ぶ近所の子どもに「おねえさん」と言わせようとして子どもに断られたことがある。子どもに無理に言わせようとするほど年齢にこだわっている。

だが妻は根本的に勘違いしている。人を無理矢理従わせるやり方が通用するのはこの家の中だけだ。

妻がショックを受けていると、なぜかわたしの気持ちに余裕が出てくる。妻をやさしく慰めた。

「ハゲでも若ハゲということもあるよ」

「わたしより若いはずないわよ。そのハゲが私を見て躊躇なく譲ったのよ」

「お前がニラみつけたんだろう」

「ふだんの顔をしてただけよ」

ふだんの顔がコワイという自覚がないのだ。内面の話に切り替えてみる。

「きっと年齢を重ねた人間的厚みがお前からにじみ出てたんだよ」

「内面なんか関係ない！　問題は見た目なんだから」

「ま、お前が外見で年上に見られたとしても気にすることはないよ。以前、セールスマンが、お前をおれの母親と間違えたことがあっただろう？　そのときだって、おれの祖母じゃなくて母親と間違われたんだ。自信をもてよ。おれなんか、いい年をしてお前の子どもに間違われてるんだ」

「自慢したいの？」

「違う！　お前がうらやましいんだ。ま、待て！　話を聞いてくれ。お前はまだいい方だよ。昔の教え子で、入学試験のとき、試験場に入ろうとして〈父兄のかたは入れません〉と注意された学生がいた。十八歳のうら若い乙女なんだよ。しかも、その学生の外見から推測するに、きっと父親に間違われたんだ。そのショックを乗り越えて合格したんだから、間違われることに慣れていたに違いない。お前は父親に間違われたことはないだろう？　その学生よりずっとマシじゃないか。ま、事実、お前もおれも老人なんだ。どんな形であれ、とにかく座れてよかった」

「年上を差しおいて座りたくなんかない」

「じゃあ席が一つ空くと、年上のおれを差しおいてお前が座るのはなぜだ？」

「レディ・ファーストよ」

気の毒なレポーター

言語表現には限界がある。たとえば「どんな気持ちでわたしの財布から五千円盗ったの？」と問われると、表現に窮してしまう。

もっと一般的に、音、匂い、味を表現するのは難しい。何かに喩えることも困難だ。音は「カランコロン」とか「ドン」など擬音語を使って真似られるだけだ。「チェロの音」には擬音語さえない。

匂いには擬音語にあたる表現も皆無だ。「バラの香り」などと物に関係づけるしか方法がない。味は甘味、酸味、塩味、苦味、うま味以外、表現手段がない。

表現困難にもかかわらず、食レポ番組では連日味を視聴者に伝えている。だが伝えることに成功しているだろうか。大阪人なら食レポに突っ込むだろう。

「〈口の中で溶ける〉て、そんなに溶けるのがうれしいならアイスクリームをなめたらどや。さっきは別の料理を〈歯ごたえがある〉とホメてたやないか。それからハンバーグを〈ジューシー〉言うなら、いっそハンバーグをジュースにしたらええ。〈なめらかな舌触り〉もおかしいやろ。なめらかさが好きならタイルをなめとき。

タダや。〈食べやすい〉て何や。熱すぎず辛すぎず、ちゅうことなんか、嚙み切りやすいんか、量が少ないんか、どないやねん。わけ分からんわ。そや、いっぺんうちの嫁はんの料理をレポートしてみ。嫁はんの前で」

味を表現するのが困難な上に、何がレポーターを待ち受けているか分からない。以下は一例だ。

「狭い路地の奥にあるこのラーメン店、まさに男の隠れ家です。ラーメンを隠れ家で食べる必要はありませんが、名店は人目につかない所にあるものです。銀座のブランド店の隣がラーメン店だったら落ち着いて食べられるでしょうか。店内は狭く、七、八人で満員です。こちらご主人です。ご主人、髪を後ろで束ねてポニーテールにしておられますが、何かこだわりが？　散髪屋に行くのが面倒？　それに前では束ねられない？　なるほどハゲ……毛が足りないんですね。散髪の時間も惜しんでラーメンに打ち込んでいるということでしょう。早速評判のラーメンをいただきましょう……お、おいしい！　いままで食べたどのラーメンとも違う。麵とスープがよく絡まって、何とも言えない深い味です。これ一杯で満足できるかな？　もう一杯作っといてもらえますか？　ご主人、このスープを作るのにどれぐらい時間をかけてるんですか？　えっ、二十分？……ま、時間をかければ味がよくなるわけじゃないですからね。え、麵の方が時間がかかるんですか？　手打ちですか？　袋に

〈手打ち〉と書いてある？　スーパーで買った？　スーパーまで三十分かかるんですか？　そこの麺に何かこだわりがあるんですか？　安いから？　いやー驚きました。まさに手作りならいい、高ければいいという風潮に一石を投じてますね。それにしてもスープのこの深い味わいはどうやったら短時間で出るんですか？　隠し味ですね、ご主人。何を入れてるか、教えていただけるんですか？　えっ、すりつぶしたイモムシ？　ゲーッ……それと歯磨き粉が隠し味？　ど、どうしてそんな物を入れようと思ったんですか？　自然に入った？　イモムシがみずからすりつぶされて入ったんですか？　えっ、叩いてつぶしたら、叩いた勢いで鍋に入った？　歯磨き粉は？　歯を磨いていたら口から鍋に入った？　その汁は捨てなかったんですか？　お客さんを待たせまいとしてそのまま出した？　そうしたら評判がよかった？　自分で食べてみたんですか？　食べてない？　どうして？　勇気がない？　ふざけるなっ！」

思い通りになる人生

希代の聖人ツチヤ師（筆者とは別人である）が公園のベンチに座っておられた。失意の淵に沈むホームレスのようである。

崇拝者がまわりに集まり、中年男が質問した。

「ジャズをやっていますが、練習で考えついたフレーズを何百回練習しても、本番の即興演奏にどうしてもうまく織り込めません。なぜでしょうか」

ツチヤ師は突然右手の指を一本立てて「見よ！」とおっしゃった。ある者は空を、ある者は指を見た。

師は動揺を抑えつつ（散歩中の犬が師に吠えたのである）、「この缶コーヒーを」と左手にもった缶コーヒーをお見せになり、「ベンチに飲みかけのまま置いてあった。生ぬるいから前から置いてあった物だ。毒か虫が入っているかもしれない」とおっしゃってグイグイと飲まれた。

一同の顔に驚きと心配の表情が浮かぶのを見て、師はおっしゃった。

「ベンチに飲みかけを置いたのはわたしである」

一同、安堵する。

「この話はいま創作したものだ。話を作りながら、次がどうなるのか自分でも予測できないまま続けたからスリル満点だったのである。他方、作った話を暗誦するとスリルは感じない。音楽は、どんな展開になるかスリルを味わいながら作るものだ。そのスリルが原動力になって次々に新しいスリルを生むのである」

一同、おことばの深さに感銘する。

「小説家は前もって細部まで筋を作ってから書くといい作品はできないという。芸術家は創作しながら鑑賞もしていないといい作品は作れない」

師はこうおっしゃって重病人のように激しく咳き込まれた。一同が心配すると、

「これも創作である」とおっしゃり、続けられた。

「何事も、決めてから実行するより、自然に出たものを味わいながら流れにまかせる方がよい結果が出る。自分で考えて決めるとロクな結果にはならない」

中年男が再び質問した。

「自分で決めない方がいいのでしょうか」

「考えよ。インターネットで自分のほしい本を買うより、書店で買う方が思いがけない本に出会うという。熟慮して選ぶ物は、おのれの浅はかな考えを強化するだけで、視野も価値観も変えないが、書店で何気なく手に取った本がきっかけで人生が

変わることがある。現に、それで数千時間の時間と莫大な金を失った者もいる。わたしである」

　質問者が「たしかに熟慮して選ぶと無駄を防げます」と言うと、師は「たわけ者！」と怒鳴られた。

「無駄を防いでどうする！　人生、想定外のことが続く方がはるかに面白いではないか。そのために何万時間無駄になろうが、何百円失おうが、それが何であろうか。価値観も視野も変わらない人生を送って何が面白いのか！」

　一同、激しい剣幕の中に師の価値観が見えて感動する。師を見ると、興奮のあまりズボンにこぼしたコーヒーを手で拭こうとしてシミを広げておられる。師は弁解するように「これは創作ではない。今朝もコーヒー、紅茶、各種の汁はこぼすなと妻に言われた。それ以外にこぼす物があろうか」と嘆かれ、話を続けられた。

「思い通りになる人生はつまらない。全能の神でないことに感謝せよ。思い通りにならないときこそ、視野を広げ、価値観を深め、プライドを捨てるときだ。思い通りにいかなければ絶好のチャンスだ。浅知恵を捨て、逆境の中で自分の人生観がどう変わるかスリルを味わえる。思い通りにいかない家庭に感謝せよ」

　師は毅然と立ち上がり、去り際に、自分に言い聞かせるようにつぶやかれた。

「そうとでも考えないと、やりきれない」

尊敬される理由

教え子が質問した。

「先生のエッセイにはツチヤ師が登場しますが、本当に聖人なんですか？」

「見た目は貧乏な一般人と変わらない。ただ、場合によっては、立っているだけでも抜きんでることが一目で分かる。幼稚園児の集団の中にいるときとか」

「身体が大きいだけでしょう？」

「違う。幼稚さにかけてもひけをとらない」

「幼稚だからって、どこがエライんですか」

「幼稚になるのは難しいんだ。ニーチェによれば、人間の成長はラクダ、ライオン、幼児の三段階をたどる。ツチヤ師は幼稚なだけじゃない。サラリーマンの中に置いても分かる。ホームレスみたいなんだ」

「でも聖人はみんなホームレス風です。サラリーマン風の聖人の方が珍しいんじゃありませんか？」

「ほら、やはり聖人だろう？　一般に、常人にできないことを成し遂げれば尊敬される。百メートルを九秒で走る、大発見をする、千日回峰行をするなどだ。ツチヤ師も、あの歳で駄々をこねる。その気になれば寝小便だってできる。常人には真似できない」

「真似したくもないからです」

「その通り。そんな聖人がいるか？　だからこそ希代の聖人なんだ。さらに、キリストや釈迦のように生き方を示したり、勇敢だ、寛容だといった人格者であれば尊敬されるが、ツチヤ師にはそれもない」

「尊敬できないところばかりじゃないですか」

「視野も度量も狭い。深遠さがなく、世俗にまみれている。健康診断で要精密検査というだけで死ぬほど動揺する。俗人にしか見えない。すごいだろう？」

「俗人だからでしょう」

「それでご自分を〈クズだ〉とおっしゃっている。どこの偉人が自分を〈クズ〉と言うだろうか」

「逆に、どこの偉人が〈自分はエライ〉と言うでしょうか」

「ツチヤ師は並みのクズではない。まわりからも〈クズ〉と言われているんだ」

「他人からクズと言われるなら、本物のクズじゃないんですか？」

「いいや、謙虚なんだ。謙虚を装う者は掃いて捨てるほどいるが、ツチヤ師はまさに言行一致、自慢しようにも何一つ材料がない。芯から謙虚なんだ。運転免許をもっているのに車を運転しないのが究極の安全運転だ。それと同じだ」

「免許を取らない方が安全です」

「しかもツチヤ師は謙虚という美徳を誇るわけではない。実際、侮辱されると怒るから、謙虚という美徳もない。それほど謙虚だ」

「もはや謙虚じゃないでしょう?」

「道を聞かれてデマカセを教え、都合が悪いときはボケたふりをしたり聞こえなかったふりをする。こんな聖人がいるだろうか」

「いません。ツチヤ師が聖人ではないからです」

「あのな。一周回って大聖人なんだ。中島敦の『名人伝』を読んだか? そこに描かれた弓の達人は道を最後まで究めた結果、弓が何なのかも忘れてしまうんだ。〈小聖は山に隠れ、大聖は市井に暮らす〉ということばを知っているか」

「本当にあるんですか?」

「わたしのことばかもしれない。偉大な聖人はふつうの街にいて目立たない。山にこもるのは小者だ」

「もっと小者は押し入れに隠れます」

「押し入れがないか、もっと愚かなら、タンスの陰に隠れる」

「さらに愚かならタンスの引き出しの中に隠れようとするでしょう」
「ツチヤ師はそれをやりかねないほど軽率なんだ」
「先生とそっくりですね」
「うん」
「ますます尊敬できません」

罪にならない脅し方

素人考えだが、脅迫や恐喝がなぜ成り立つのか不思議である。

たとえば子どもに何かを命じるとき、「食べてすぐ寝ころぶと牛になるよ」「いつまでも外で遊んでいると人さらいにさらわれるよ」「早く寝ないと鬼が来るよ」と言っても、脅して言うことを聞かせる強要罪には問われない。

小学生の「先生に言いつけるぞ」、教師の「テストの点が悪ければ卒業させないぞ」、市民の「警察を呼ぶぞ」「法的手段に訴えるよ」、医者の「このままだと半年後には糖尿病になりますよ」などの発言も、脅迫罪に問われない。

現実に脅迫罪や恐喝罪の罪に問われる者が多いのが不思議である。ちょっと考えると、脅迫罪で訴えられても、次のように釈明できそうな気がする。

「たしかにわたしは〈金を出さなきゃ命がないぞ〉と言いましたが、金を出しても出さなくても人間の命はいつかなくなるという事実を指摘しただけです。〈お前がいま連れている女の命も保証できない〉と言ったのも、他人の命の保証はだれにもできないという事実を述べたにすぎません。〈オレの言う通りにしないとどうなるか分かってるのか〉とも言いましたが、言う通りにしなければわたしが逃げるつもりでいることを知っているのかを質問しただけです。〈お前の家族の身に何が起こっても知らないからな〉と言いましたが、どんな家族がいるのかも知らないのだから何が起こるかを知りようがありません。〈この前オレに逆らったやつはいまだに入院中だ〉と言ったのは、以前、議論で対立していた相手が病気で入院していることを客観的に述べただけです。〈オレがこれまでに奪った命は一つや二つじゃない〉とも言いましたが、蚊やゴキブリを何匹も殺したのは事実です。〈ムショから出てきたばかりだ〉と言ったのは、税務署からの帰りだったからです。〈オレのバックにはコワイのがいる〉とも言いましたが、うちのコワイ妻にいつ後ろから攻撃されるか分からないという不安を打ち明けたにすぎません。いけなかったでしょうか」

　こんな弁明が通用したら脅迫罪も恐喝罪も成り立たなくなるだろう（なぜ通用しないのか疑問は残るが）。

　では電車で席を譲らない若者にこう言ったら罪になるだろうか。

「兄ちゃん、悪いが、携帯で写真撮らせてもらうよ。パシャ。さっき兄ちゃんが吐いた暴言も録音させてもらったからね。わたしは〈老人虐待撲滅センター〉をやっててね、ホームページの〈席を譲らない人でなし〉のコーナーに、席を譲らない者の写真を公開しているんだよ。写真は自動的にセンターに送られるから、もう送られてるよ。脅してるんじゃないよ。老人虐待撲滅運動に賛同して賛助会員になれば協力者だから写真はもちろん削除するよ。会費は三万円。え、肖像権？　さっき、撮らせてもらうよと断ったけどね。いいよ、訴えても。〈肖像権濫用者〉のコーナーにも写真を載せるから。それに、こっちは暇をもてあまして法廷に出たがる者がいっぱいいるんだ。もちろん最高裁まで争うよ。裁判の途中で死んだらごめんな。不要な訴訟を起こされたために死んだ、という理由で兄ちゃんに損害賠償訴訟を起こさせてもらうけど、悪くとらないでね。訴訟に餓えている連中がうちには多いんだ。それとも、そんな面倒なことがイヤなら、いま兄ちゃんの前で倒れて胸をかきむしって苦しがってみせようか？　ちょうど心臓が悪いんだ。それとも吐血がいいかな？　こうやって喉に指を突っ込むと十回に一回はゲロに血が混じるんだよ。胃潰瘍なんだ。兄ちゃんにかかったらごめんね」

漱石はタダなのになぜツチヤは金をとるのか

十年ぶりに友人に会うと、頭はハゲて老いさらばえていた。発言も間違いばかりだ。彼はいきなり見当違いなことを言った。

「お前、著作権料をもらってるんだろう？　漱石やシェイクスピアはタダで読めるのに、ツチヤは金を取る。お前はそれで恥ずかしくないのか」

「いくら本の価値があっても時間がたてば著作権はなくなるんだ。著作権は本の価値には無関係だ。著作権は、われわれが出版文化を育てるために必要なんだ」

「育てろと言っても、子どもや新入社員やカブトムシを育てるのに手一杯で、文化を育てる余裕までないよ。第一、お前はどれだけ文化に寄与してるんだ。文化の質を落としているだけだろう。お前の影響は微々たるものだからまだいいが」

「批判するなら金を払ってからにしろ。どうせおれの本を買ってないんだろう」

「洞察力がないくせによく分かるな。だが批判するのに金を払ったかどうかは関係ないだろう。言論の自由があるはずだ。おれは書店で立ち読みしたけど、それでも金を返せと言いたい」

「何だと？　金も払わずに批判するのは、万引きしておいて〈値段が高すぎる。金返せ〉と文句をつけるようなものだ。だいたい、本を買うのはギャンブルだ。当たり外れはある。宝くじが外れだったといって文句をつけるか？」

「お前の本は宝くじとは違う。当たりがない」

「しかし読んで成長する可能性もないとは言えない」

「成長してもいいのか？　成長したら、お前の本に価値がないと判断できるようになるんだぞ」

「そこが問題だが、全部糊付けして読めなくすれば問題は解決する。おれの本の評判も今よりは上がるし」

「残念だったな。さっき立ち読みしたと言ったけど、実は一行も読まなかったんだ。一字も読まないで金を返してほしいと思ったんだから、よっぽどヒドいんだ」

「ヒドいのはお前だ。どんな商品かも知らないで金返せと言うようなものだ。お前のようなやつが出版文化を衰退させているんだ」

「おれは関係ない。おれがいてもいなくても本を買わないんだから」

「お前のようなやつが多いのが問題なんだ。出版衰退の原因は、他にもスマホ主犯説や図書館主犯説がある。図書館が貸すから売れないっていうんだ」

「でも、図書館が貸さなきゃみんな買うのか？　お前の本は図書館が貸さなくても買うやつはいないよ。そもそもお前の本は図書館にも置いていない。調べてないけどな。図書館もそれなりに選別しているはずだ」

「だが人気作家の新刊が何十冊も置いてある。タダで回し読みしているんだ」

「図書館で借りるのに何百人待ちにもなっていたら何十冊か置くのも仕方ないだろう。お前の本なんか、置いてもせいぜい一冊だろう。それだって、お前が図書館にリクエストしたに違いないんだ。実際には図書館で買ってもらって助かっている作家もいるはずだ」

「そこだよ。人気作家の本を何十冊も買うなら一冊をわたしの本にするべきだ」

「結局、著作権とは関係ないのか」

「違う。レンタルDVDやカラオケみたいに著作権者に還元する仕組みが本にはない。収入がなきゃ作家がいなくなる。もっと作家の生活を支えられないか？」

「お前の本を売りたいなら、いっそ発禁にすればもっと売れるよ。実際、ためにならない本なんだから」

　そんな陳腐なことならとっくに考えて、すでに三歳未満禁止にしてある。こんな男とは絶交だ。

究極の成人病予防

一日五千歩以上歩く日が数日続いた。これであと一ヶ月は何もしなくていいと思っていたら、知り合いの医師が「そんなのじゃ全然ダメだ」と警告した。医師というものは警告と恫喝しかできないのか、ホメるなり小遣いをくれるなりしたらどうなんだと思う。

医師の話では、成人病は中高年になって始まるのではない。若いころから数十年かかって進行する（数十年かかって成長するガンもある）。だから年をとってから少々健康的な生活をしても、進行を遅らせる意味しかない。骨密度が減り、血管が硬化し、筋力が衰え、コレステロール、血糖値、尿酸値、肝機能などの数値が悪化するのを防ぎたければ、数十年前から予防を始めなければならない。

成人病にならないための一番の予防法は、①生まれてこない、②年をとらない、③年をとっても成人にならない、④病気になる前に死ぬ、だ。それが無理なら、若いころから健康的な生活をするしかない。健康に問題のある中高年（問題のない中高年はいない）がそう言われれば、やり直せるものなら若いころからやり直したいと思うはずだ。

では、もし脳の中身はいまのままで若いころに戻れたらどうだろうか。そんなことは考えるのも無駄だという異論もあるだろう。その理由はこうだ。

「いまの若者は老人とほぼ同じ医学情報をもっているから、不摂生を続けていればどうなるか若者にも予知できるはずだが、喫煙、暴飲暴食、徹夜など不健康な生活を送っている。若いころに戻っても同じ生活をするのは目に見えている」

だがこの反論は、若者が愚かだという重要な事実を見逃している。若者は「自分だけは年をとらない」とまで思い込んでいるのだ。それに対し、高齢者は年をとることの重みを痛感している上に、検診で問題を指摘されて後悔している。人生をやり直したら、不摂生は命取りになるという危機感に突き動かされて健康的な生活を送るはずだ。

問題はその先にある。一週間か一ヶ月か一年か、健康的生活を続けて危機感が薄れると、こう考えるようになるだろう。

「自分の好きな高カロリー高脂肪の料理を我慢して、嫌いな野菜や納豆を無理に食べる毎日を送り、さらに年をとって後悔しないように外国語をマスターしようと毎日単語と文型を暗記し、スポーツジムで会話のテープを聴きながら毎日二時間運動し、毎食後は欠かさず歯を磨く生活を続けたら、死ぬ前には後悔しか残らないだろう。こんな人生に何の意味があるのか。死刑囚がそんな生活をするだろうか。人生の根底には虚無感が巣くっている。何をやっても本当は意味がないという虚無感が。何をしても無意味なら、せめて欲しい物を食べ、好き勝手に暮らそう」

こうして健康的な生活に別れを告げ、欲にまみれた不健康な生活に戻る。しばらくして、検診で「要精密検査」の判定が出たりすると、「無意味なはず」の人生が早く終わってしまうのではないか、と死ぬほど心配する。精密検査の結果がよければ、こう考える。

「助かった！　人生はバラ色だ。自由に歩き、おいしい空気を吸い、秋晴れの陽光を浴びることも雨に濡れることもできる。色んな人々や猫や犬といっしょに生きていられる。生きるって何て幸せなんだ。これからはできるかぎり健康的な生活を送って貴重な人生をとことん味わおう」

こう決心して健康的な生活を送る。しばらくすると幸福感は薄らぎ、ふたたび虚無感が忍び寄る。虚無感が高じると、不健康な生活に逆戻りする。しばらくすると検診の日が訪れる。

完全に予防するには人間の心を変えるしかない。

誕生日の祝い方

先日、七十一歳の誕生日を迎えた。

歳をとると誕生日を若いころのように手放しで喜べなくなる。誕生日を迎えるのは、納豆味のケーキか、大量のわさび入りのにぎり寿司を食べる気分だ。

七十歳から七十一歳になっても大差がないと思うかもしれない。世間的には七十歳も七十一歳も「ほぼ死にかけ」という認識しかない。嘘だと思うなら、わたしの歳でアパートを借りようとしてみるか、保護団体から子猫を譲り受けようとしてみるとよい。断られるから。言わずもがなの理由はもちろん、間もなく死ぬからだ。

わたしの実感では、七十歳になったときは六十代が終わったと感じるのに対し、七十一歳になると八十歳に近づいたと感じる点にはっきりした違いがある（この一年で、過去より未来に目が向かうようになったのだろう）。

この歳になるとだれも祝ってくれない。「おめでとう」とは言われるが、新年の挨拶と同じく、他にかけることばがないからでしかない。せいぜい知り合いの男（過剰に脂肪を蓄え、過剰に毛髪量を減らしている）から「僕の健康を送ります」

というメールをもらった程度だ。わたしが「健康は届いていません。間違えて脂肪を送りませんでしたか？」と返信すると、「もしかして僕の髪の毛がそっちに行ってませんか？」という返事があり、「そう言えば抜け毛が増えました」と応じた。祝ってもらえない分、自分で何か埋め合わせをするしかない。埋め合わせは食欲と物欲を満たすことによってなされる。

食欲に関しては、サバの塩焼き定食を食べに行こうと思ったが、もっと豪華に家でスーパーで買った半額セールの牛肉、柿半個とクリームパンを食べた（サバ定食とほぼ同額だ）。

本命は物欲だ。念願の４Ｋテレビを買った。視力も頭もボケてきているから、画面はできるだけはっきりしていてもらいたいからだ。

以前は８Ｋテレビが出るまで待とうと思っていたが、８Ｋテレビを待っていると、年齢的に認知機能が衰え、８Ｋテレビを買っても、自分が見ているのが８Ｋテレビなのか洗濯機なのか判別できなくなっている恐れがある。

予想通り、妻は反対した（高額の物になると反対するのだ。まるで財務省だ）が、長い時間をかけて、生涯最後の願いだと拝み倒して買わせてもらった。こうやって買わせてもらったのはテレビ、パソコン、楽器など、約十回にのぼる。

もちろん「これが最後だ」と言い続けていると、「本日閉店」の看板を何年も毎日掲げている閉店商法かと疑われる恐れがあるので、そうしょっちゅう使える手ではない。

それに余命一週間ぐらいになって本当に最後の願いをすると、「間もなく死ぬんだから買うのは意味がない」と考えて買ってもらえないだろうから、いまが実質的に最後のチャンスだ。

そのチャンスを活かせて、電器店に向かう心はうれしさにはずみ、思わずスキップする。ふだんいかに心が沈んでいるかが実感される。身も心も軽くなり、駅の低い二段の階段を上がるときも、牛若丸のようにひらりと跳び上がり舞い降りた。つもりが、現実にはアキレス腱を切られたウミガメのように身体が重く、危うく階段に足をひっかけて転ぶところだった。まるで金色の発泡スチロールだと思って持ち上げたら十キロの金塊だったときのようだ（金塊をもったことはないが）。

イメージと現実のギャップの大きさに驚いたが、今後これほど胸のはずむ誕生日が三十回ほどしかないのが残念だ。

良心的な二枚舌

本音と建前の使い分けは早くから始まる。父と母のどちらが好きかと聞かれた幼児は「どっちも」と答え、つまらなそうなイベントに参加した幼児に感想を求めると「面白かった」と答え、まずい料理でも「おいしい?」と聞くとうなずき、本音を隠そうとする。

大人になるとさらに本音を隠す場面は増え、就職と結婚によってさらに増える。とくに公式のスピーチではすべてをきれい事で固めようとするが、つい良心が働いて本音が出てしまうことがある。次の例のように、無理にでもホメなくてはならない披露宴でも、仲人《なこうど》が良心的だと、本音が隠しきれないこともある。

「新郎は小学校を一度も落第することなく見事卒業しました。中学のときは色々な活動に積極的に励んだ結果、退学になりかかったところを校長の温情で停学ですみました。このように先生の間では人望があったのです。

人望のわりにこの披露宴は出席者が少ないと思うかもしれませんが、どうせ結婚は失敗に終わるのです。祝う価値があるのか疑問です。それでもこの披露宴には新郎の親戚、友人が計五人駆けつけてくれました。出席しないと借金を返さないと言った結果かもしれませんが、それだけの人から借金できるほど人望があるのです。この借金生活も新郎に働く気が芽ばえ、しかも職が見つかれば改善するはずです。彼も聖人ではありません。これまで悪に手を染めたこともありました。でも捕まったことは一度もありません。身体も、水虫と肝硬変以外は健康そのものです。新郎を頼りないと思うかもしれませんが、大丈夫、すでにご紹介した新婦がついています。不良の子どもが一人いるだけで家庭も学校も手を焼くものですが、彼女は不良を百人以上率いた経歴の持ち主なのです」

次の例は、講演の途中で論旨の問題点に気づき、良心的に弁明を重ねるうちに論旨不明瞭になる例である。

「世の中にどれだけ金に困っている人がいるのかご存じでしょうか？　わたしは知りません。ザッカーバーグ氏は五兆円以上を寄付するそうです。借金をしてもそれを見習おうと言う人はいないものでしょうか。

お前はどうなんだと言われるかもしれません。たしかに世界にはわたしよりずっと困った人もおり、毎日飲んでいるビールを一杯我慢すれば病気の子どもを一人救えます。肝臓を悪くしてまで飲んで病気の子どもを見捨てていいのか、良心がうずきます。ただ、老い先短いわたしからビール一杯の生き甲斐を奪っていいのでしょボートレースもやり、競馬もやって、もうけの一割を寄付するつもりですが、まだ損失ばかりで利益は出ていません。だれか寄付してくれませんか。

結局一円も寄付しないお前が人に寄付しろと言えるのか、と責める人もいるでしょう。しかし自分で実行しなくても人に勧めることは矛盾でも無意味でもありません。アメリカの刑務所の囚人が不良少年に〈悪い事をするな〉と注意しているテレビを見ましたが、これが無意味でしょうか。神が人の嫌がることをするなと命じる一方で人を地獄に落とすのは無意味でしょうか。人を監禁した者を刑務所に監禁するのもいけないのでしょうか。〈一言もしゃべるな!〉としゃべるのは無意味でしょうか。勝手に自分の物を買うなと夫に禁じながら、自分の物を勝手に買う妻に、どこの夫が文句を言えるでしょうか。

でも〈人を殴ってはいけない〉と言いながら相手を殴ってもいいのでしょうか。これは難問です。この問題を解決するまでは、結論を出すのを控えようではありませんか」

矛盾との闘い方

歳をとったらどうなるかはあまり知られていない。

意外かもしれないが、歳をとると敏感になる。若いころと比べ、同じ高さがより高く感じ、同じ距離がより遠く、同じ重さがより重く、同じ文字がより細かく、同じ音がより小さく感じられる。もちろん、若者（わたしより一年でも若い者）の敬老精神の欠如にも敏感になる。

無意味さにも敏感になる。若いころと同じく、時間があっても金はないが、若いころと違い、たとえ時間と金があったとしても、したいことがない。何をしても無意味に思えるのだ。若いころ何にでも簡単に飛びついたのが嘘のようだ。

疲れにも敏感だ。先日も精神の老化を防ぐために気力を充実させようと気合いを入れたところ、身体の奥底から活力がみなぎってくるのが感じられ、喜びつつ、ふと鏡を見ると、三日間徹夜麻雀した後のような疲れ果てた顔が映っている。何かをする前から、自覚はなくても顔が身体の疲労を訴えているのだ。

さらに、矛盾にも敏感になる。ただし「人付き合いはイヤだが、孤立もイヤだ」

「長生きしたいが歳はとりたくない」など自分が発する矛盾には気づかない。とくに矛盾に気づくのは長寿を目指したときだ。高齢者は多くの危険にさらされており、ちょっと風邪を引いた、食中毒になった、青酸カリを飲んだというだけで死んでしまう。道を歩けば「転倒→骨折→寝たきり→妻によるいじめ」というルートをたどる恐れがある。老人にはわずかな段差も爆走ダンプカーも凶器だ。だからむやみに動くのは危険である。入浴も、溺死や脳卒中の危険がある。そう言えば、テレビで見るかぎり、百歳を超えた人が入浴しているシーン、幼児のように意味もなく走り回る姿は見かけない。

だが他方、運動が不足すると十中八九、いや十中十、死ぬことになる。転ばないためにも、運動で筋肉を鍛える必要があるという。危険を避けるために危険を冒せというのだ。

結局、運動した方がいいのか、しない方がいいのか。この矛盾に対して「適度な運動をしろ」では答えにはならない。最もいい運動の仕方を尋ねているのに「ちょうどいい運動をしろ」と答えているのだから。

食べ物も危険だ。高カロリー、高脂肪のような好物が次々に致死性の毒物に認定され、餅でさえ喉につまらせる危険物だ。ほとんどの物は食べられない。

その一方で食べるべき物が増える。この油は必須だ、あの野菜は食べないと明日にも死ぬと脅され、それらを全部摂取すると、偏った食生活になる。バランスをとろうとして他の物も食べるとカロリー過多になる。どう食べればいいのか。「バランスのとれた適度な食事」という意味不明なことしか伝わってこない。

睡眠もとりすぎると認知症になるというから、おちおち眠れない。かといって睡眠不足も認知症になるらしいから、寝ても覚めても安心できない。

さまざまな矛盾をつきつけられて混乱し、迷っているうちに、長生きした人が「好きな物を食べ、好きなことをしてきた」と口をそろえて言うのを思い出す。まさに矛盾を止揚した境地だ。そうか、医学を無視して好きなように生活すればいいのかと思い直す。

長生きした人は例外なく楽天的だ。矛盾する医学的提言にどう従うかなどと思い悩むのが一番悪い。

結局、考えるのはやめて成り行きにまかせるしかないという結論に至り、そこで初めて牛丼を大盛りにする決心がつく。老人が牛丼を大盛りにするにも、これだけ考え抜き、これだけ矛盾と闘うのだ。このように、歳をとると敏感になるだけでなく、思慮深くなる。

希望を捨てればすべてが変わる

新年になるたびに、希望をかなえようと決心してきたが、今年は希望そのものを一掃したい。希望は理性を誤らせるからだ（人間に理性があると前提する）。

われわれは、ほぼ当たらない宝くじを当たると思って買い、自分の健康には無害だと思ってタバコを吸い、今年は絶対に巨人が優勝すると確信するが、その根拠はただ「そうあってほしい」という希望だけだ。

人間はそんな薄弱な根拠に頼るほど愚かではないと思うだろうが、羊羹《ようかん》が一センチ短くなったように見えるという理由で、夫が食べたと決めつける女もいる。

だが人間の愚かさはそんなものではない。

ある実験によると、自分を老人に加工した写真を見せられた若者は、人生の設計を考え、貯金もするようになるらしい（老化防止に大金をかけるようになる女もいるかもしれない）。若者は、歳をとるという明白な事実を本当には分かっておらず、心の底では「自分は歳をとらない」と思い込んでいる。「歳をとりたくない」という希望が認識を誤らせているのだ。

わたし自身、若いころ「歳をとることはない」と思っていた。いまでも「歳をとっていない」と思い込んでいる。鏡に自分の老けた顔が映っても鏡写りのせいにしている。

むろんときどきは本当に歳をとったと自覚することもある。電車で席を譲ってもらいたいときや、面倒な仕事を押しつけられそうなときは歳をとったと実感するし、体調もすぐれないと自覚している。

歳をとっているのに「歳をとっていない」と思い込むほどだから、死んでも「まだ生きている」と思い込みそうな気がする。

数十年のうちに大災害が確実に起きると思っても、「災害にあいたくない」と希望するあまり、「生きているうちは大災害は起きない」と思い込む。「自分はいつまでも死なない」と思い込んでいるくせに、「自分が生きている数十年は大丈夫」と思うのだ。そのため、家具の転倒防止策を怠ってしまう。家具の転倒が気にはなるが、「気にしていれば少しは転倒防止になる」と希望的に考える。

太るときもそうだ。体重が一キロ増えても「さっき水をコップ一杯飲んだからだ」と考え、翌日には元に戻ると思い込むから、太ったという自覚は芽生えない。食べれば太るという事実は知っていても「一回ぐらい食べても太らないだろう」。三日前にどら焼きを一個しか食べなかったから。それにちょっと歩けば昨夜のカツカレーの分も合わせて帳消しになる」と希望的に考え、それを毎日のように繰り返し、メタボへの道を邁進する。

ストーカーになる心理も同様ではなかろうか。異性にフラれても「本当は愛されているはずだ。きっと家族が反対しているだけだ」と希望的に思い込むのだ。

人間は何事につけても「がんばれば何でもできる」と考える傾向があるが、これも根拠は本人の希望だけだ。全部実現しようとすると次のような生活になる。

朝さわやかに目覚めると、軽く体操した後、外国語の勉強と筋トレを数時間ずつやり、有酸素運動をする。楽器の練習をして、本を一日最低一冊は読み、妻の小言にやさしく耳を傾け、食事は一口につき二十回は嚙み、次の日までに原稿を百枚書き、テレビを見、音楽を聞いて、瞑想とストレッチと半身浴でリラックスしてから七時間の睡眠をとる、といった一日になる。

だがこれを実行するには一日二百時間が必要である。地球の自転周期が変わるまでは実行不可能なのに「自分にはできる」と希望的に考えているのだ。

希望は不幸の元凶である。希望を一掃すれば生活も性格も劇的に変えられる。そう希望的に考えている。

徳が身につかない理由

意外だと思うかもしれないが、わたしは有徳の士ではない。はっきり言えば「徳を身につけろ」と周囲に言われている。

だがそんじょそこらの不徳のヤカラとはわけが違う。わたしは高尚にも、徳高くありたいとつねづね思ってきたから、志の高さが違う。

しかもそのための努力も惜しまなかった。年長者に席を譲る（わたしが座り疲れたとき）、身を切るような思いをして教え子にラーメンをおごる、妻に何を買われても笑顔を作るなど、血のにじむ努力をしてきた。だが努力とは裏腹に、自分勝手だ、ケチだなどと言われている（何のための我慢だったのか！）。

徳が身につかないのは、わたしの人間性のせいではない。そもそも徳が何なのかがはっきりしないのだ。

たとえば「気前よさ」は徳の一つだろうが、キャバクラでモテようとして金をバラまくのも気前よさに含むのだろうか。含まないのなら、どのような気前よさが徳になるのだろうか。

「寛容」も徳の一つだが、親が子どもをいじめるのを目くじら立てずに傍観するのも寛容なのだろうか。不条理なことを妻に言われても、涙をこらえて笑顔を浮かべるわたしは寛容なのか。

「親切」も不可解だ。たとえばテレビの前でダラダラしていると、妻が「ゴロゴロしていたら病気になるかイモムシになるわよ。イモムシになって踏みつぶされてもいいの？　外に行って歩きなさいよ。雨が降ってる？　雨ぐらい何よ。雨の中だって歩けるでしょ。カエルだったら大喜びなのよ。さっさと外に行きなさい。あなたのためを思って親切で言ってるんだから」と言うのは親切なのか。だがこんな親切ほど迷惑なものはない。「あなたのためを思って」と言うが、わたしは自分のためにならないことをしたいのだ。最低の人間になって自己嫌悪にまみれ、絶望の淵に沈んで呻吟したいのだ。こういう高度に屈折した心境を理解できないくせに（わたしも理解できないのだ）、どうすれば相手のためになるか分からないまま、おためごかしを言うばかりか、カエルと比較するのが親切と言えようか。しかも「自分は親切をしているんだ」という自信に満ちているのだから手の施しようがない。

もっと不可解なのは、正義を守るのが徳とされていることである。正義はケンカから戦争まで、あらゆる争いの根底にあり、争いの当事者全員が「自分は正義のために闘っている」と確信している。たとえば足を踏まれたとしよう。足を踏まれて痛いと感じるだけなら争いが起きる必然性はない。「何もしていない人に苦痛を与えるのは正義に反する」と考えるから腹も立つし、正義を取り戻すために報復するのだ。報復された相手は「過剰な報復は正義に反する」と考えて反撃する。双方とも正義の御旗をふりかざしているから、改心も反省もしない。むしろ使命感にかられて、強い信念と勇気をもって最後まで闘おうとするから手がつけられない。引き下がるのは、相手にはかなわないと思ったときだけだ（その場合も正義が踏みにじられたという悔しさはいつまでも残る）。

争いを正当化する正義が徳と呼べるのだろうか。さらに争いの中では勇気、強固な信念、不撓不屈の精神といった何種類もの「徳」が発揮されるが、争いを激化するこれらのものを徳と呼んでいいのだろうか。

このように、徳を身につけようにも、徳が何なのかがまず分からないのである。にもかかわらず、わたしに「もっと徳を身につけろ」と言う連中は徳を分かりきったものと軽率に考えている。思慮深さという徳が欠落していることを自覚してもらいたい。

取り返しのつかない失敗

最近、消せるボールペンがヒットしている。高価な和紙に毛筆で書いていた昔の人たちは、うらやましがるか、「人生はやり直しなしの一発勝負だ。その覚悟で文字を書け！」と一喝するかだろう。

最近の若者を見ていると、一回限りの人生という覚悟もなく「いつでもやり直せる」と考えて漫然と生きているように見えてならない。そう言うわたしも、覚悟がない点では若者にひけをとらない。

その立場から言うが、若者は気をつけてもらいたい。一度軽率に失敗すると取り返しがつかなくなり、何をしても手遅れ状態になってしまうのだ。

理由は明らかだ。百回本当のことを言っても一回嘘をついただけで「嘘つき」の烙印を押され、一回卑怯な行為をしたが最後、「卑怯者」のレッテルが貼られ、わずか一度の言動で信用はゼロになる。われわれは一度の言動によって評価され、それが一生つきまとう。それが人間の評価の仕方なのだ。

不幸なことに、女はいったん悪い評価を下すと絶対に変えることがない（より悪い評価に変えることはある）。結婚後まもなく、妻の料理を食べて、「ちょっと塩が多いかな」と正直に言ったために「味がわからない上に感謝を知らない人でなし」と思われてしまい、その後数十年、感想が表情にも出ないよう、感想そのものを抱かないようにしてきたが、評価はいっこうに改善しない。

同様に、一度妻に嘘をついて以来、疑惑の目で見られ続け、妻の誕生日を忘れると、それ以来不信の念を抱かれ、地震が起きたとき真っ先に逃げて決定的に信頼を失い、修復不可能になった。その後何をしようといくら甘言を弄しようと手遅れだった。信用は一瞬で消え失せるが、一度失墜した信用を取り戻すには、相手がボケて記憶をなくすまで待たなくてはならない。

しかも悪いことに、記憶は時間がたつにつれて自分に都合よく作り変えられるという。以前、友人が哲学のアイデアをわたしに教えたが、そのアイデアはその数年前にわたしが友人に教えたものだった。それを自分の手柄のように話して聞かせる友人は、わたしに教えられたという記憶を勝手に作り変えていたのだ（この手口で借りてもいない金を払わされてきたに違いない）。妻も、「愚かで思いやりのない夫に耐えるヒロイン」として自分を美化しているに決まっている。

評判を改善するためには、失敗を目撃した人の記憶を消して回るしかない。だがその人数は数え切れず、しかも増え続ける一方だ。

昨日も行きつけの喫茶店の会計で、ポイントのつけ方が間違っていると思って抗議したところ、店の人から論理的に説明され、わたしの間違いだと分かった。この店の人の脳裡に、①わたしが頭の悪い男である、②ポイントにこだわる器の小さい男である、という記憶が深く刻まれたはずだ。

こういう記憶をすべての人から消すのは不可能だ。こうなったら、せめて自分の記憶を消すしかない。さいわい、すでに色々なことが思い出せないから、簡単なはずだ。だが実際に記憶から消えるのは人名や地名などで、肝心の自分の失敗は忘れることがない。ぜひとも消したい過去の失敗は消えないのだ。たとえば、えーと……いまは思い出せないが、いっぱいある。

結局、死ぬまで悪評に耐えるしかないのか、とあきらめかけたとき、思い出した。わたしの評判を気にする人はわたしだけだ。ふだん軽視している人物の評判などだれが気にするだろうか。さいわい、わたしは軽視されている。過去の愚かな言動のおかげで軽視すべき人間だと思われていてよかった。

怪しい手紙

ときどき出版社経由で手紙をもらうが、読んでも返事は書かない。かりにヘンな手紙がきたらどんな返事を書くか想像してみた。返信の例を次に示す。

※

お住まいの東京で雪が降ったとのこと、報道では六センチでしたが、一メートルも積もったんですか。局地的降雪だったのかもしれませんが、一メートルの積雪の中、自転車に乗って犬を走らせたとおっしゃるのは信じられません。一センチの間違いではありませんか？

神戸の天気ですが、ご想像通りに、陽がさんさんと降り注ぐ縁側でネコと一緒に庭を眺めていればどんなに快適かと思いますが、陽は降り注がず、縁側もネコも庭もなく、寒さに震えています。大げさだと思うかもしれませんが、冬の公園は身震いするほど寒いのです。ベンチでは五分の昼寝もできません。公園で暮らしていなくてよかったと思います。

関西の食べ物について、お好み焼き、たこ焼き、イカ焼き、串カツのそれぞれについておたずねですが、どれもおいしいです。たこ焼きしか食べていませんが。わたしは妻の料理を毎日食べて舌を鍛え、イギリス料理を大変おいしいと思ったほどの実績の持ち主です。何を食べてもおいしいと断言できます。

神戸の街は、お書きになっている通り、山と海にはさまれ、すばらしい景色が楽しめます。家の窓から海や山は見えませんが、さすがに神戸です。神戸の家々の屋根と神戸の空がよく見えますし、花火のときはすぐそばで迫力のある音が響くのがよく聞こえます。

さて昔、わたしが勤務していた大学の近くで、犬に吠えられて驚いて電柱にぶつかったのを目撃したと書いておられるのは事実です。でも、わたしが亀戸の駅で妻に平謝りしているのを見たと書いておられるのは、完全に誤解です。たしかに女に平謝りしたことは過去何度もありますが、駅で謝ったのは、中年女にぶつかって謝ったときだけです。そのときは謝る声が小さいと言って女が怒ったので、何度も謝りましたが、それは東京駅でした。亀戸駅には行ったことがありません。それに、その女は妻ではありません。妻だったら、妻というより独裁者に見えたはずです。

わたしが紳士だと書いているのは嘘ではないかとのご指摘ですが、嘘は書いていません。わたしは「嘘はつくな」という兄のことばを固く守ってきました。わたしに兄はいませんが、もし兄がいたらわたしに言うに違いないことばです。なぜそう言えるかというと、まわりの人間が口をそろえて「嘘をつくな」とわたしに注意するからです。兄がいれば当然「嘘をつくな」と言うはずです。

あなたは玉野小学校でわたしと同じクラスだったとお書きになっていますが、どこの小学校でしょうか。わたしは玉野市の宇野小学校の出身です。だから学校が違います。当然、あなたにお金を借りるはずもありません。十円貸したとおっしゃいますが、親の財布から盗んだことはあっても、人に借りたことはありません。だから、利息を合わせて三十七万円になると言われても、そもそも借りたという事実がありません。

なお、わたしは消火器を売ったおぼえもなく、隅田川の河川敷でホームレスをしたことも、区議会議員に立候補したこともありません。まして、二十世紀初めの香港で屋台を引いていた老人であったことも、ヒマラヤに住むヤギだったこともありません。

こういう誤解を見ると、わたしの写真に似た人（動物）を見つけただけではないのでしょうか？　それにしてはわたしのことをハゲだと思っておられるのが腑に落ちません。二度と手紙を出さないで下さい。

動物好きの女

いまや動物ブームである。人間を簡単に踏みつぶせる動物や人間を食べようとスキを狙っている動物でさえ、可愛いと感じられるようになり、動物愛護運動もかつてないほど盛んになった。動物好きはなぜか女が多い。夫や老人に向けるはずの愛情をもてあましているのだろう。

ただ、サルの子供がしがみつくのは可愛くて、守ってやりたいと思う反面、ノミがしがみついたり、寄生虫が腸管にしがみついたりするのは見るのもイヤだから(憎らしい人間にしがみついている場合を除く)、かなり偏見が入っている。

動物好きが好むのは、動物の中でもネコ、犬、クマ、イルカ、カブトムシなど一部だ。大多数の動物(ゴキブリ、スズメバチ、ナメクジ、寄生虫など)を好む動物好きは少ない。だが、わたしが問題にしたいのはこのことではない。

この種の主張をするときは通常、都合の悪いものを除外する。たとえば「自然を守れ」と叫ばれるが、自然の中に含まれる台風、大地震、不毛の砂漠、病原菌、ウイルス、巨大隕石なども守れと言うのか。

「絶滅危惧種を救え」と言われるが、天然痘ウイルスやペスト菌のようなものまで絶滅から救うのか。

「自分の意見をもて」と叫ぶ人は、イスラム国やナチスのような意見でももてというのか（彼らは強固な意見の持ち主だ）。

「自分に忠実に生きろ」とも言われるが、万引き衝動や殺人衝動を抑えるなと言いたいのか。

「愛が救う」と言うが、ストーカーの愛、狭量な愛国主義、小児性愛も何かを救うのか。

「向上心をもて」と説く人は、年金に頼りながら老々介護に明け暮れる高齢者や、無心に遊ぶ三歳児はどんな向上心をもてばいいのか教えてもらいたい。

「結婚しろ」と言う人は、悪妻や暴力夫に苦しむ人をどう考えるのか。結婚しろと言うなら、結婚生活の成功例を挙げた上で、どこに行けば理想的な結婚相手がいるのか教えてもらいたい。

　これらの主張をするとき、都合の悪い事例が多数切り捨てられている。そもそも認知の仕組みがそうなのだ。われわれは雑多な音の中から「聞くべき音」を抽出し、雑多な物から価値のある物に注目し、それ以外のものを、存在しないもの、雑音、ゴミとして排除している。だが、わたしが問題にしたいのはそのことでもない。

わたしが問題にしたいのは、女が「動物好き」を自認するにあたって、ゴキブリや寄生虫などが動物から除外されるだけでなく、中高年の男、中でも高齢者が処分に困るゴミとして動物から除外されていることだ。好ましい動物は保護されるのと同時に中高年の男は嫌われ、家庭での地位はペットや野良猫の下、鉢植えと競うほど低下している。

動物好きの女に言いたい。男の高齢者もイルカやネコやゴキブリと同じぐらい一生懸命生きているのだ。それを簡単に動物から除外しないでもらいたい。

動物愛が深まるにつれて男への風当たりが強くなっている。たしかに女は男に失望するかもしれない。だが失望するのは収入や容貌や年齢で男を評価するからだ。好きな動物を収入や容姿や年齢でダメ出しをするか？　好きな動物に失望するか？　動物愛護の精神で男を見てもらいたい。

せめてドブネズミやビフィズス菌並みに扱ってもらえないだろうか。そうすれば男はいまよりずっと安らかな生活を送ることができるだろう。

念のために申し上げておくと、ここからは、土屋賢二著『無理難題が多すぎる』の解説のページである。

ところで、わたしと著者との付き合いは合計一時間程度であり、書くことなど何も思いつかない。こういう時は、先人の真似をするのが一番だと思い、過去に出版された文春文庫二十二冊（以下本稿では「土屋本《つちやぼん》」という）の解説を読破した。

とても疲れたが、ますます途方に暮れた。

そうはいっても、せっかく読んだので、そこで得られたビッグデータの分析内容をひとまず整理したうえで、解説に進むことをお許し願いたい。

西澤順一

土屋本の解説の解説

一　解説者の属性

土屋本のうち、『あたらしい哲学入門』を除く二十一冊にはなにがしかの解説が存在する。

特徴的なのは、常に解説者が異なることである。

内訳は、学識経験者八名、よくテレビなどで見かける有名人（女優、歌手、落語家など）六名、日頃より世話を焼いてもらっている人（住職、助手など）五名、家族（母、実弟）二名という構成となっている（このうち、書き手が母、実弟、助手とされている解説については、かねてより「なりすまし疑惑」が指摘されているが、ここではあまり深く追及せずに、その三篇も含めて分析を行っている）。

ちなみに、わたしはこのどれにも属さない、ほぼ通りすがりの者である。

二　解説量

出版社の期待する解説の分量は四千字程度だそうだが、実際の平均は三千三十五文字と、これを大幅に下回っている。原稿料を放棄してでもこれ以上書くのは御免だ、という悲鳴が聞こえるような数字だ。冒頭ふれたように、同じ人物が二度と解説を引き受けていない、という事実と照らし合わせると、解説を書くという苦行から一刻も早く逃げ出そうともがくさまが、ありありと瞼の裏に浮かび、胸を締め付けられるようだ。

そのような中でも、努力と根性で長文に仕立て上げた解説もあり、胸を打つ。代表作は、森博嗣氏の四千六百四十二字（『人間は笑う葦である』所収）、ミムラ氏の四千六百二十二字（『貧相ですが、何か？』所収）である。ただし、いずれもほとんどは前置きであり、解説と言えなくもない部分はごくごくわずかである。

最も短い解説は、わたしの中高の先輩藤巻健史氏の二千四十一字（『ツチヤの口車』所収）であるが、ご本人の多忙ぶりからすると、これでもよく頑張った方だと思う。

三　土屋本における「解説」の位置づけ

広く知られているように、土屋本においては、解説が最も重要である。土屋本人もそのことは認めている。

「私の本は、本文が内容希薄で文章拙劣ですので、解説で売るしかありません。本の売り上げはひとえに解説にかかっております」（金田一秀穂氏へのメール『紳士の言い逃れ』所収）。「売れる解説文なら何を書いたってかまいません」（森山直太朗氏への手紙『論より譲歩』所収）。「過去の解説はあまり参考になりません。なぜなら解説のおかげで、これまで売り上げがパッとしなかったからです」（小生宛二〇一六年五月六日付メール)。その姿勢には驚くほどブレがない。

また最近では、解説者の社会的な立場を利用して本の売り上げを伸ばそうとする、姑息な動きも見られる。「解説目当てに本を買わせるのはよほどの文豪でも困難です。その場合でも、社員に購入を義務付けるとか、自分で大量購入して社員の皆さんに配るなど、様々な手法が使えると思います」(小生宛二〇一六年五月四日付メール)。

これで、わたしが解説を依頼された、ほんとうの理由が理解できた。経営者の一般的な心得として、土屋賢二と知り合いになることは、あらゆる手を尽くして回避したほうがよいと思われる。

四　解説の特徴

土屋本解説の際立った特徴の一つが、作品そのものとは距離を置こうとする姿勢である。

「本書はこれまでの書籍と比べても丙丁《へいてい》つけがたいほどすばらしい出来である。内容は全く覚えていないが」(池田栄一氏『不良妻権』所収)、「この本が出版されないことを祈っていましたが、出版されるのなら一刻も早く絶版になってくれることを祈るしかありません」（助手『汝みずからを笑え』所収。但し前述のように詐称の疑いがある）といったあたりが、代表的な解説姿勢であろう。わたしもこれに倣って、編集部から送られた本書のゲラを一切読まずにこれを書いている。

こうした、作品そのものにたいする逃げのスタンスとはうってかわって、著者個人の記述についてはいずれの解説もたいへん饒舌であり、紙幅の多くが、風貌の貧相さ、家庭内でのひ弱さ、根っからの狡猾さ、強引さ、言語の不明瞭性などの叙述に充てられている。

また、解説を引き受けた自分たち恩人に対する、土屋からの無礼な発言についての記載も多い。

「あんなに絵が下手だったから、絶対プロは無理だろうと思っていたけれど、なれたからにはバンバン稼いで、早く先生に恩返ししなさい」（柴門ふみ氏『われ笑う、ゆえにわれあり』所収）、「この本はとても一大学教授が書いたとは思えないほど幼稚な内容です。ですから中井さんにも理解できるはずです」（中井貴惠氏『ツチヤの軽はずみ』所収）、遂にはあろうことか、敬愛するフジマキ先輩を「毛生え薬をハゲの男が売っているかのような」（藤巻健史氏、前掲）と形容する。かくいうわたしへの依頼においても「私の本の解説を書いて評判が落ちても気にならないほど度量の大きい（あるいは評判が落ちたことに気付かないほど感覚の鈍い）かただと思えたからです」（前掲五月四日付メール）と、一瞬の気遣いを装いながらも攻撃の手を緩めない。

これらを「シャイなだけで、根はあたたかい人」とか「ことばの裏側に愛情を感じる」とかいうのであれば、シャイや愛情（もしくは裏側）に申し訳ない。

だんだん、本気で腹が立ってきた。

こうした失礼な振る舞いを受けて、解説者としての立場を忘れて、痛烈な非難（もしくは正直な感想）に転ずるケースも珍しくない。

「この人は、人生とまともに向き合っている姿勢はない」（三浦勇夫氏『簡単に断れない。』所収）。「そう、土屋賢二のような文章は誰にでも書くことの出来る文章なのです」（中井貴恵氏、前掲）。「土屋賢二のようなエッセイなら、いくらでも書けますよ」（森博嗣氏、前掲）。「息子の書く文章は、どれ一つとして品格がありません」（土屋澄恵氏『棚から哲学』所収、ただし何度も何度も言っているようにこれには詐称の疑

と調子よく書き進めてきたところに、広報担当のヒライシがやってきた。

「流石にここまで悪く書くと、問題ありませんか？」

「悪くなど書いていない。これまでの解説を冷静に分析しただけだ」

「採り上げ方が恣意的なような気もしますが、ま、そこはいいです。ところで編集部の話だと、ツチヤ先生は、売り上げ増に結び付かない解説だったらうちの会社の季刊誌の『ツチヤ教授の大人の社会科見学』の連載を永遠に継続するぞ、と強硬に言っているようです」

「それは、困った。あの連載は紙の無駄遣いだからやめるように、と取引先からきつく言われているんだ。

解説で売り上げが増えるなんて、無理に決まってるじゃないか。そもそもゲラも読んでないし、いまさら読む気もしないし……」

「カラスは白いとでも何とでも、いっときゃいいでしょう。だいたいみんな解説の最後の行しか見てやしませんよ。最後にゴシック体で『傑作だ』とかなんとか書いておけばいいんです」

なるほど。

部下を見直した。

解説

本著は、平成二十八年九月に発刊された土屋賢二の著作中、もっとも優れた一冊であると断言できる。これまで文春文庫に収められた一連の土屋作品においても、間違いなく二十三位以内にランクされる作品といっても過言ではない。

以上をふまえて、思わず我を失った上で、土屋賢二の全著作を大人買いしてほしい。といってもおそらく書店では品切れだろうから、しつこく取り寄せを頼んでいただきたい。その際に「この本の解説を見た」と言ってくださると、五パーセント引きのクーポンがつくかもしれない。

読者各位のこのような行動の積み重ねが、我が社取引先からの要請に応えつつ、社員とわたしの懐をツチヤの毒牙から守る唯一の術であるとすれば、いやはや全くもって、**傑作である。**

（みずほ情報総研株式会社代表取締役社長）

文春文庫

無《む》理《り》難題《なんだい》が多《おお》すぎる

定価はカバーに
表示してあります

2016年9月10日　第1刷
2020年3月30日　第2刷

著　者　土《つち》屋《や》賢《けん》二《じ》
発行者　花田朋子
発行所　株式会社 文藝春秋

東京都千代田区紀尾井町 3-23　〒102-8008
TEL 03・3265・1211㈹
文藝春秋ホームページ　http://www.bunshun.co.jp

落丁、乱丁本は、お手数ですが小社製作部宛お送り下さい。送料小社負担でお取替致します。

印刷・凸版印刷　製本・加藤製本
Printed in Japan
ISBN978-4-16-790704-4